游记

雨天 炎天

希腊、土耳其边境纪行

村上春树 著

林少华 译

上海译文出版社

译者短语

林少华

提起美国，相信不少人不以为然——哼，不就是个财大气粗的山姆大叔嘛！但若提起希腊，则有可能涌起浪漫而静谧的遐思——噢，维纳斯的故乡，奥运会的第一缕圣火，西方文明的发祥地，以及希腊诸神，以及苏格拉底柏拉图亚里士多德……总之，和咱们中国一样，至少有值得世人仰视的辉煌当年。然而又必须承认，我们对时下的希腊又所知无多。多数人宁愿去其实并不可敬也不可爱的山姆大叔家里感受他如何财大气粗，却硬是想不起去希腊领略绝世美女维纳斯的流风遗韵，岂非咄咄怪事！

人家村上春树到底情趣不俗，既去了美国，又不忘希腊。而且去希腊不是为了欣赏维纳斯丰腴娇美如花似玉的留守姐妹，而是一头扎进“希腊僧侣自治共和国”。此“国”位于阿索斯半岛（或称阿克蒂半岛、圣山半岛），乃希腊东正教圣地，上面有二十座大修道院和许多小修道院，近两千人在那里潜心修行，晨钟暮鼓，黄卷青灯，诵经祈祷，自耕自种。没有电，没有车，没有酒，没有娱乐，没有女人。别说女人，“动物也不许放雌性进来，雄性统统被阉掉”。村上便是在这个几乎与世隔绝的地方住了四五天。走路淋成落汤鸡，客栈没有冲水马桶，含着眼泪吃发霉长绿毛的面包，为多拿一块西瓜而宁愿遭人白眼……不料离开那里之后，却又奇异地生出怀念之情。“在那里，人们虽然贫穷，但活得安静而有高密度的信念。那里吃的食物虽然简单，但味道充满活生生的实感。”说起来，虽然村上的祖父是寺院里的和尚（日本的和尚可以娶妻生子），但他本人没有任何宗教信仰，对与宗教有关的文物丝毫不感兴趣。在阿索斯的修道院目睹众人毕恭毕敬瞻仰“宝物”时他也全然无动于衷。尽管如此，这次由俗世进入圣地又重返俗世的俗圣之旅还是给他以某种触动，至少是他最为接近宗教的一次特殊旅行。读之，我们不仅可以同他一起游历这个神秘的“神权独立王国”，感受奇特的宗教气氛，也可以追寻他这方面的思维轨迹和情趣趋向。

从希腊圣山下来，村上和他的摄影师同伴直接开车驶入相邻的土耳其，顺时针方向沿土耳其国境线周游二十一天。他在希腊接触的几乎全是僧侣，而进入土耳其面对的则大多是兵。遍地是兵。为何兵多呢？因为“土耳其是个罕见的一贯孤独的大国”，西边同希腊势同水火，北面对苏联恨之入骨，东部南部同伊朗、伊拉克、叙利亚三国纠纷不断。固然加入了北约，却未被接受为欧盟成员，西欧不信任土耳其。“总而言之，这个国家无论往哪边看都不可掉以轻心。真正要好的朋友一个也没有……况且本来就是尚武之国，很多东西都是通过战斗、通过把对手打翻在地夺过来的。”这种“煞有介事的尚武的军国主义”让村上颇伤脑筋（当然他对一个个质朴的普通土耳其兵并无不好印象）。但更糟糕的是其肠胃面临考验。“一闻膻味胃就缩成一团，食欲半点也上不来”。然而南下内陆除了羊别无他物，触目皆羊，餐馆里是羊，肉店里是羊，“整只剥了皮的羊挂在那里”。满城膻味，无孔不入。一次开车赶路时遭遇“铺天盖地的羊群”，于是好奇地对准羊群拍照，不料被羊倌索取拍照费，送了五六盒万宝路对方还不满足，“最后竟提出必须买下一只羊”。总之，兵和羊把村上吓坏了、害苦了。旅行快结束时村上给远在东京的夫人打电话，夫人问：“两个男人快活吧？”他心里嘀咕：“这里到底有什么可快活的呢？两个人都拉了肚子，在糟糕透顶的公路上玩命开车，太阳晒，狗咬，小孩扔石头，从早到晚只吃面包，澡都一直没洗，这算哪家子快活！”

如果说在希腊村上感受的是宗教，那么在土耳其感受更多的则是政治。宗教关乎人的精神本源，政治是驱使人的外在力量。此次旅途中村上对两者的体验和思考，融入了他后来的长篇巨著《奇鸟行状录》之中。可以说，旅行不仅产生了游记，也间接催生了他的小说。只是小说中的村上是“门内”影影绰绰的村上，旅途中的村上更是“门外”真真切切的村上。

二零零四年五月十四日

于青岛窥海斋

目录

希腊篇

阿索斯——神的现实世界

土耳其篇

土耳其茶、兵和羊——周游土耳其的二十一天

希腊篇

阿索斯——神的现实世界

再见，现实世界

先从乌拉诺波里乘船。

阿索斯半岛[1]巡礼之旅将从这里开始，并在这里结束。从这里出发，再返回这里——若有意返回的话。

乌拉诺波里位于阿索斯半岛的根基部，是海滨一个观光休闲小镇。船七点四十五分从这里的港口起锚，一天仅此一班。所以，最好尽可能提前一天来到这里在宾馆住一晚上，翌日慢慢吃完早餐从从容容上船。可以说此乃上策。因为，万一赶不上这班船，就要在这乌拉诺波里镇上困守二十四小时，困到第二天早上，而这无疑是相当严重的情况（我们实际遭遇过一回）。

从乌拉诺波里到达菲尼乘船约两个小时。这个时间正好歪在甲板上舒舒服服晒太阳，而世界则因这两个来小时的航行分成截然不同的两种状态——乌拉诺波里和达菲尼两镇之间便是存在如此决定性的差异。一来两镇的形成方式根本不同，二来其所依据的规范和价值观也完全相左，而且居民的种类和追求也不一样。用一句话说来，乌拉诺波里脏兮兮却又令人眷恋，属于我等凡夫俗子居住的地方，达菲尼则属于建立在普遍性、清廉和信仰之上的圣境。每天一班的渡轮便是把这两座在很多方面互不相容——即使不能说是背道而驰——的小镇勉强连接起来。

乌拉诺波里——顺便说一句，乌拉诺波里是神圣的城市之意——有几家小旅店，有酒吧式餐馆，有海滩，有码头，路边紧挨紧靠停着挂德国车牌的野营车。镇不大，沿一条路从这头走到那头，大多事都可办完。有漂亮的海滩、大得令人吃惊的停车场（大概因为来阿索斯的人都把车停在这里）和码头。甚至有一座看不出名堂的古老的石塔。酒吧式餐馆飘出油炸小乌贼的独特香味儿。戴深色太阳镜身穿游泳衣的女

---

① 亦称阿克蒂半岛、圣山半岛。希腊东正教会（希腊正教）圣地，希腊僧侣自治共和国所在地，有“神权独立王国”之称。有一千六百多居民，当中多数为修士，少数为隐士。

郎拖着橡胶拖鞋缓缓穿过路面。同周围光景简直格格不入的迈克尔·杰克逊的歌从收放机里流淌出来：each bad、each bad……一只狗在背阴处酣然大睡，仿佛正在生死之间彷徨。一个背负旅行包的人如获至宝似的抱着四十五日元一条的大面包走了过去。咖啡馆里面，本地的老年人一支接一支吸烟，持续污染着四周的空气和自己的肺。希腊赚小钱类型的休闲海滨全都是这个样子。只是，这里是最后一站，是我们小小现实世界的天涯海角。再往前去，没有女人，没有酒吧式餐馆，听不到迈克尔·杰克逊，没有德国游客。连德国游客都没有了，老兄！是的，这里是人世的尽头，是欲望最后的出口，是现实世界的边陲。

没赶上渡轮的我们好歹在码头找到一艘往达菲尼运送建筑材料的船。同船长交涉后，得以花三千日元搭船过去。乘客只我们两人。谢天谢地，总算没在乌拉诺波里白耗一天。

可是话又说回来，大海是多么漂亮啊！从乌拉诺波里开船不久，我们便进入崭新的天地。我把上身探出栏杆，目不转睛地久久看着海面，百看不厌。虽说希腊有很多漂亮的海，但像阿索斯一带这么美丽迷人的海记忆中从未有过。当然，单纯澄澈单纯蔚蓝的海任凭多少都有，而这里的海则是全然与此不同的另一种美。怎么说好呢，那是性质迥然有别的一种澄澈、一种蓝。水简直像真空的空间一样纯净，而又被染上深葡萄酒色。对了，就好像大地酿造的葡萄酒从地底的缝隙“咕嘟嘟”涌出，给海面着了色——便是那么一种令人头晕目眩的蓝。那里有鲜亮亮的清冽，有丰饶，有突破所有观念限制的令人诚惶诚恐的深度，晚夏清晨强烈的阳光如尖刀一般剧烈地扎在上面，又反射回来哗然四溅。船影以历历分明的轮廓映进海底，摇曳不定。鱼群无声无息地横向游过。海未被污染，无论怎样凝眸细看，也看不见脏物。感觉上那已经不能称之为海。甚至倏然间觉得那仿佛某种仪式，让我想起经过久远得令人眩晕的时间和牺牲后被彻底格式化、并因急于向美的核心突飞猛进而失却其本来意义的一种仪式。

海就是漂亮到这般地步。

随着船在海面行进，油炸乌贼、泳装女郎、迈克尔·杰克逊、“万宝路”广告等等迅速后撤变小，不觉之间消失了。一旦消失，就连那些东西是否曾经存在这点都在我脑袋里变得大可怀疑。映入我眼帘的惟有坑坑洼洼的半岛海岸和岩壁。与此同时，海岸开始现出仿佛时间倒流回中世纪的庄严的修道院——阿索斯！

阿索斯是怎样的世界?

开始阿索斯之旅之前有几点我们必须了解。其中最基本的是这样一个事实:阿索斯半岛绝对是另一世界。阿索斯乃是以与此侧世界截然不同的原则运转的世界。其原则就是希腊正教。此地是希腊正教的圣地,人们为了接近神而来此访问。正因如此,这块土地尽管位于希腊境内,却在政府的认可下作为宗教圣地享有完全的自治。

治理阿索斯的法律,比任何世俗法律和宪法都要古老和强大。东罗马皇帝统治过这里,继而土耳其人统治,接下去由希腊政府统治。但无论在哪一种政治体制之下,作为宗教共同体的阿索斯体制都丝毫不曾动摇。这便是阿索斯。

阿索斯半岛现在有二十座修道院,约两千个僧侣在那里一丝不苟地修行。他们继续着几乎和拜占庭时期相同的自给自足的俭朴生活，为了接近神而日夜祈祷不止。他们非常虔诚，为了抵达宗教真理和至福境界而离开人烟、断绝世俗欲望潜心修行。那些祈祷需要付出非常微妙的注意力，惟其如此，他们才特意来到这个圣域，而不是出于童子军那种心血来潮。这点务请牢牢记在脑袋里。

所以，住在这里的一个女人也没有，也不允许女人进山。因为有女人会妨碍——说法倒是不礼貌——修行。动物也不允许放雌性进来。雄性统统被阉掉。不过，当然不是说阿索斯的动物无一不是雄性。这里说的仅限于家畜那样的大动物。

另外，这里是希腊正教徒的专属地，外国异教徒进来须取得希腊外交部签发的特别入境证。因为无关的人乱哄哄蜂拥而入，教徒们便无法静心修行。外国人逗留期限原则上为三夜四天，超过此限似乎很难获得批准。

据说圣母马利亚乘船访问住在塞浦路斯的拉撒路[①]，途中因遭遇风暴而偏离航路，在神的指引下漂流到阿索斯海

① 《圣经·新约》故事人物。据《约翰福音》记述，乃家住伯大尼村的马大和马利亚之弟，耶稣使其复活。

岸。在那以前这里被置于令人讨厌的异教徒的支配之下，而圣母马利亚脚刚一触及海岸，所有偶像马上变得粉身碎骨。马利亚把阿索斯定为圣庭，宣布女性永远不得踏上此地。于是阿索斯成了被神祝福的圣地。

我想，假如现在发生这样的事，马利亚势必受到全世界女权组织的猛烈抨击。但这是差不多两千年前的旧话，没有什么人为之气恼，并且自那以来女性便无法进入这里了。若让我说一下个人感想，我觉得女人不得进入的场所世界上有一两处也未必不好。即使某处存在不准男人涉足的场所，我也不至于忿忿不平。

言归正传。这里修建正规修道院是十世纪的事。鼎盛时有四十座修道院，容纳两万僧侣修行。土耳其帝国统治时期也是由于财政问题，加上海盗屡屡袭扰，一段时间里显得相当萧条，但进入二十世纪之后又一点点现出复兴征兆，直至今日。特别是六十年代以后，对物质主义感到失望、转而对作为取而代之的价值观的宗教发生兴趣的年轻人（尤其大学毕业的知识阶层）来此出家的事例多了起来，使得这里作为新的灵魂（spiritual）圣境受到世界关注。在阿索斯转过以后我也感觉得出，每一座修道院年轻人都为数相当不少，总的来说他们外语也很精通。在这个意义上，阿索斯这个地方同日本人心目中的既成宗教含义完全不同。在这里，宗教分明是活着的，与时代共同呼吸。

还有，在这个半岛上，大自然几乎保留原始状态，可以说是希腊国内唯一未被旅游业开发商染指的地方。地形也很险峻，全是山，几乎没有平地。半岛南边耸立的阿索斯山海拔两千米。海岸线均为悬崖峭壁，仿佛要拒人于千里之外。无论去哪里都必须以自己的双腿翻山越岭。交通工具那东西在半岛上可以说根本不存在。

自从在书上得知阿索斯以来，无论如何我都想来此一游，想亲眼看一下那里有怎样的人、他们过着怎样的生活。

如此这般，一九八八年九月一个清晨我们从乌拉诺波里乘船赶往达菲尼。同伴是摄影师松村君和编辑 O 君。松村君和我下一步准备开车周游土耳其。这阿索斯是第一步。O 君被进入阿索斯的种种手续搞烦了，只同行到这里为止。

从结果上说，这次旅行相当辛苦。虽说我绝不讨厌辛苦的旅行，但我还是觉得这一次非同一般。路难走至极，天气恶劣至极，饮食糟糕至极。

不管怎样，还是按顺序来吧。首先是阿索斯的入口——达菲尼。

从达菲尼到卡里埃

船到达菲尼港。从远处看，不过是个到处可以见到的普普通通的希腊港口。但随着距离的拉近，开始三三两两看见若干不普通之点。因是女人禁入之地，说理所当然也是理所当然，可是一个女人也没有的光景就在眼前的时候，还是产生一定的感慨。港口四周聚集着数百之众，无一不是男人，而且半数以上是僧侣。所以，整个光景黑压压一片。这就是说即将进入圣域。

还有一点——作为夏季的希腊极为罕见——没发现像是外国游客的人影。既没有胖得可观的德国夫妇，又没有背囊上缝着加拿大国旗的快乐游客。当然，旅行者模样的人还是不难找见的（他们是乘三十分钟以前的渡轮先一步到达这里的），但差不多全是希腊人，而且全部身穿十分朴素的——

换言之，即平均线上的希腊人式的——服装。他们是从希腊各地远远赶来这神圣的大本营朝觐的善男们（没有信女）。

占人群主流的僧侣们全部身穿叫做“拉索”的那种肥肥大大的希腊正教僧袍，头戴呈生日蛋糕形状的圆筒帽，而且统统留着长胡须。对希腊正教我所知无多，不过剃须大概是有违教义或有违什么。头发也都很长，像发髻那样紧紧束在脑后。这副模样的僧侣在希腊各地屡见不鲜，但目睹如此密密麻麻聚集一处却是头一遭。而且有趣的是，仔细观察之下，所穿服装所携物品各有微妙差异。里边甚至有顽固不化的所谓武斗派僧侣，他们身穿破烂得不成样子的拉索，腰间缠一条粗麻绳，肩上搭一个俨然游方僧背囊那样的口袋。说清楚点，较之僧侣，看上去更像乞丐。而一转眼，旁边又有整齐穿着仿佛从洗衣店刚刚取回的全无褶痕的拉索、手提公文包、戴着太阳镜的新潮雅皮士僧侣。以此二者为两端，其间又浓淡不一地散着形形色色的僧侣。真想把他们聚在一处按顺序排成一列。

同一宗教，而且是在如此狭小的半岛之中，僧衣何以存在如此差异呢？我难以理解。

不但整洁或脏污这点，而且拉索的颜色也一件件大不相同。从浅灰到深紫以至漆黑，大凡颜色一应俱全，众彩纷呈。不知是每座修道院各有不同，还是地位和职务造成的差异，我很难判断。莫非僧侣之间也有贫富之差？也有赶时髦的和不赶时髦之人，也有武斗派和温和派？这东西——琢磨起来也琢磨不出个究竟，心想反正就是那样，如此不了了之。

反正就是那样。

不过这点也是后来才明白的。实际上他们是各不相同的。他们因其所属场所或生存方式而迥然有别。阿索斯便是这样能够选择自己的生存方式和做法的地方。所以，他们的打扮各所不一也是理所当然的事。

下到达菲尼港，首先有个类似护照管理那样的地方。把护照放在这里，然后去首府卡里埃。卡里埃有个阿索斯山事务局那样的机关，在此进行入境审查，审查完毕发给停留许可证。没有这许可证就不能在阿索斯山走来走去，相当严格。

从达菲尼乘大巴去卡里埃。说是大巴，其实是个差劲得令人有些不快的劳什子。跑还是可以跑的。怕是已经用了三十几年。汽车用得这么彻底，可算是享尽了汽车的恩惠。大巴全岛只此一辆。

说实话，我们到时大巴刚要开，但座位上全是人，上不去，于是央求能不能凑合着让我们上去，而司机一口一个“不行”。很难说司机态度有多么好。他说到了卡里埃还回来，在此等一个小时即可。这么着，又推迟了一个小时。看来，在这地方着急也无济于事。倒也不是完全没有着急之人——大巴刚开始动，一个五十岁上下的僧侣赶来“砰砰”大敲车窗，喊道“喂让我上去！”司机说“满了不行！”但他置若罔闻，只管“砰砰”敲个不止。司机只好开车门让他上来。那人无论倒插的眼神还是敲门的方式，全都显得怒不可遏。我不由心想从事圣职之人怎么好这样，这地方简直莫名其妙。从一开始就有很多事情让我困惑不解，可是别无他法，只能在此等一个小时。

达菲尼港有个小邮局，有个小海滨，有个小派出所。咖啡馆也有，还有两三家小杂货店。等大巴时间里，我买了一点应急食品塞进背囊。原来想像一旦跨进阿索斯，世俗用品一概买不到了，不料杂货店里基本食品一样不少。盒上落了灰尘，罐头生了锈，但只要不介意，东西不至买不齐。从J&B威士忌到廉价乌糟[①]等酒类、肉罐头鱼罐头、速溶咖啡、糕点——想必前来朝觐的旅行者在此买完食品才去修道院的，因为修道院只供应一点点食物。至于僧侣们是否在此买东西我不得而知。但不管怎样，看样子这地方并非彻底要求人们清心寡欲，某种含糊性大约还是存在的（后来得知，除了僧侣，半岛还有很多来干活的人，需要卖给他们生活必需品）。

我也在此买了葡萄酒、面包、奶酪、咸牛肉罐头、梨和苏打饼干，还买了四个柠檬（这柠檬后来有千钧之重），往水筒里灌水，半岛地图也买了，然后走进咖啡馆喝了大概是最后一瓶啤酒，啃了面包，又在大巴来之前迷迷糊糊睡了片刻午觉。

① 用大茴香籽调味的希腊产的一种果酒，用于饭前促进食欲或饭后作为清凉饮料饮用。

港口有两条狗和四只猫。出于慎重我查看了一下，狗的确条条都是公狗。它们具有显而易见的雄性特征——勇武而又似乎哀伤。不错，原则得以维护。遗憾的是猫的性别没弄明白。同狗相比，猫在此地的生活似乎严谨得多，它们没有友好到轻易容我查看性别的程度。再说猫分辨公母远比狗困难。

我无可奈何，定定地瞪视墙头上的猫们的时间里，大巴下山返回。我们即将进入阿索斯内部。

从卡里埃到斯塔夫罗尼基塔

阿索斯一片葱茏。在看惯希腊（特别是希腊南部）树木稀少的红褐色地表的人眼睛里，这景致显得十分新鲜。除却面临海岸的悬崖峭壁，其余无论哪里都绵延着密林和草原。

大巴扬着灰尘爬上山道，把我们拉往山那边的首府卡里埃。说是首府，其实卡里埃只是个静悄悄的小镇，甚至镇这个字眼都不太确切。一个静悄悄的村落——无非停大巴的广场周围排列的几座旧石头建筑罢了。有教堂，有钟楼，仍有几家杂货店。这里也有狗有猫。人影同样稀稀拉拉，只有几个提着皮包或口袋模样的东西的僧侣走过来问我从哪里来的。我说日本。又问我是不是正教徒，我说不是。遂问我信何宗教。无奈，我说是佛教。若回答不信教，很可能被赶出半岛。"日本有正教教会吗？"他问。"有。"

我回答（神田[①]的尼古拉教堂即是）。他心满意足似的微微一笑，大概心想日本那个国家还不至于无可救药吧。

这样的交谈在我游阿索斯半岛期间估计重复不止十次。几乎是一字不差按部就班地重复。从哪里来的？是正教徒吗？日本有正教教会吗？总之对他们来说，宗教、希腊正教乃是世界中心，是自己存在的中心，是思考领域的中心，是之于他们的现实世界。他们的关心始于这里终于这里。他们是和我们截然不同的人们。

在不妨说是卡里埃总部事务局的办公室里我们领到了停留许可证。阿索斯划分为二十个修道院教区，保持着可以说是自治中的自治的独立性。惟独卡里埃镇例外，给人的感觉仿佛是特别区。各修道院选出的僧侣聚在这里组成“教会评议会”，就整个半岛的问题作出种种决定。这项制度自修道院创立以来几乎一成不变地延续下来，作为原理是极为民主的。

我们在此顺利取得许可证，好歹走上了巡游修道院之

① 东京市区的地名。

路。由于时间一点点迟于日程安排，此时已到了三点。走不多远了，需要先把今晚住在哪里一事定下来。这是因为，各修道院随着太阳落山同时关门。一旦关门，不到早上绝不打开。一千多年以前这样规定的。所以无论怎么“砰砰”敲门也绝不开门。如果不抢在日落前赶到修道院大门，我们势必餐风宿露。这地方除了修道院别无投宿之处。

现在仍是夏天，可以说野营也不要紧。食品不是很多，但也不至于饿死。这点准备还是有的。问题是动物。阿索斯半岛有狼出没。至少一开始我们就被这样提醒过，说晚上有狼出没。大自然便是如此原封不动地保存下来。但不管怎样，作为我不想特意在这有狼出没的地方野营。所以，必须细看地图，把行程和所需时间弄得一清二楚。

姑且去斯塔夫罗尼基塔修道院好了。到斯塔夫罗尼基塔有两小时左右路程。其次去伊比隆修道院。第一天，时候又晚了，今天就先看看情况算了。

我们背起背囊，走上通往斯塔夫罗尼基塔的路。午后三时的阳光很强，汗顺着身体流淌下来。但路本身很容易走，简直可以边哼着小曲边走。其实从卡里埃到伊比隆甚至有大巴，但我们坚持走路。毕竟是为了走路来这里的，走就是。山路心旷神怡。种种样样的小鸟在树林里鸣啭，飞起来掠过天空。路上到处立有顶着十字架的佛堂样的东西。木牌上写道“树林是心的栖息地，是神的微笑，注意防火”。一点不错。

中途同一个瘦瘦高高的希腊青年同行。他说要去一座小修道院的作坊帮忙做壁毯。阿索斯除了修道院也有几家大大小小的这种作坊，若干僧侣在那里制作宗教工艺品。他虽然不是僧侣，但定期去作坊从事壁毯的制作。

不久，走到斯塔夫罗尼基塔修道院。在阿索斯半岛二十座修道院之中，斯塔夫罗尼基塔最小。走进院内，左边有一座石头修的旧水道桥，沿桥排列几个水池，还有坚牢的高塔。这座修道院靠近海岸，自古以来频频遭受海盗袭击，因而加强了防御。的确，从海岸一侧看来，较之修道院，更像一座堡垒。

到修道院后，有关僧侣首先端来希腊咖啡、掺水的乌糟酒和一种叫鲁克米的甜果冻。哪一座修道院都必然拿出鲁克米这种糕点，但这里的实在甜得下巴发痒不敢沾牙。当然，由于是手工制作，各修道院味道略有不同，但唯独甜得要命这点无一例外。

乌糟这东西类似希腊烧酒，酒精含量十分之高，味道忽一下子直冲鼻孔，掺水后变得白浆浆的，而且便宜。总的说来，我觉得不适合日本人口味，我也不大喜欢喝，但浑身累了，酒精急切切地渗进胃里，身体就会放松开来。咖啡也放足了砂糖，甜得不能再甜。我们称之为阿索斯三样。三样的目的在于以酒精和糖分消除旅人的疲劳。反正越疲劳越能觉出这三样的美味。咖啡和乌糟酒我是高兴地享用了，但鲁克米怎么也没吃完，因为我本来就吃不来甜食。只咬了一口，其余全剩下了，倒是觉得抱歉。

往下的路没那么好走了，疲劳也渐渐上身，恨不得马上赶到下一座修道院吃鲁克米——不过这已是后话了。

伊比隆修道院

关于伊比隆修道院没有多少可说的。

从斯塔夫罗尼基塔到伊比隆，走的是海边比较好走的路。我们五点从斯塔夫罗尼基塔动身，不出一个小时就到了，一路顺风，轻松至极。说句英语，就是“a peace of”。我们想，什么呀，这阿索斯也没什么了不得的嘛！这种傲慢后来受到了足够的惩罚。一路上海很漂亮，风平浪静。很想歇一会儿下去游泳，但不可能。这里是圣地，是神的庭院，严禁赤身裸体在海里游什么泳。

到了修道院——无论哪座修道院——我们先去名叫“阿尔霍达”的办公室。换成日本式说法，“阿尔霍达”大约就是“朝觐·食宿部”。

除了宗教义务，修道僧还要分担各种日常性劳作，接待朝觐者也是劳作之一，安排专人负责。他们给来访者端茶上糕点、准备床铺，这是免费的。上岛时在卡里埃的事务局每人交两千日元左右，一切费用都包括在里面。

只是，伊比隆是大修道院（在半岛二十座修道院中位居第三），加之离卡里埃近，来人也多。所以，这里“阿尔霍达”雇用普通的老伯替僧人做实际事务。当然也有几个僧人做，但事情太多了，光靠他们估计根本做不完。这座修道院同样位于海边，同样状如城堡。墙高，窗少，双重门又厚又重。若想起电影《玫瑰的名字》中的修道院，情形就差不多了。

走到这“阿尔霍达”，照例有鲁克米果冻和乌糟酒和甜腻腻的希腊咖啡端上来。鲁克米我只吃了一半。

在“阿尔霍达”帮忙的老伯把我们领进房间。房间狭窄简朴，木地板，摆着同样简朴的六张床。窗口有一个，可以望见修道院的田地和后山。若是 oceanview[1] 就好了，不过不可贪心不足。这房间里，除了我们还住一个希腊老伯。不知

---

① 能从宾馆窗口看见海。

此人是累了还是性喜沉默，只是脸朝里躺着，一动不动。墙上挂了一盏煤油灯——照明器具仅此而已。房间一角有个较为像样的取暖炉。这个季节当然没生火。炉里插着一个烟头，看样子有人在此吸过烟。房间里倒是禁烟，但希腊人一般都是烟鬼，怕是忍无可忍了。

接待我们的老伯说饭已经开过，但若肚子饿了，可以特别做一顿。当然饿了，除了鲁克米什么都没进肚。在黑乎乎的厨房那样的地方，我们面前端来了凉豆汤、橄榄咸菜、硬面包和水。若问是否好吃，我想不能说是好吃。面包硬硬的咬不动，又咸，但因为肚子瘪了，就算有怨气也如获至宝。别无选择，奈何不得。

端饭送菜的老伯说他原是船员，日本也跑过几次。在希腊旅行起来，一天总要碰一个这样的人。希腊的确当过船员的人多。但船舶不景气，他们都弃船上岸，迫不得已。上岸当服务生，在大巴售票，当造船工，或者像这样在修道院干杂务。

到天黑还有半个小时，我们在修道院内散步。松村君照相，我踱着方步画几笔素描代替记录，伊比隆之名来自古伊比利亚（高加索南部），因为这座修道院的创建者是来自伊比利亚的修道僧。阿索斯的修道院有一半左右都这样，是由信奉东正教的许多国家（多是东欧）捐赠或创建的，修道院的色调也因各国文化和风格的不同而多少有所不一。

伊比隆修道院里也有好几个礼拜堂。窗口镶着五彩玻璃。但在看惯了意大利和德国教堂精妙华丽的五彩玻璃的我的眼里，这里的玻璃显得甚是原始，而且做工粗疏，式样单调，不少地方打坏了一直没有维修。其实维修也无非是在缺口那里换一块普通玻璃罢了。感觉上虽不能说荒芜，但管理显然跟不上，大概没那经济实力吧。俄罗斯和东欧等东正教国家全都共产化了，对修道院的经济援助也已断绝。不过黄昏时分在这一片岑寂的修道院院子里散步之间，其简朴的景致不由令人神思悠然。那种单纯、那种疏漏同景致融为一体，感觉十分自然。坦率地说，我对西欧教堂神气活现无懈可击的华丽时常感到头疼，但这里不然。

这时间对于僧人也好像是休息时间，他们三三五五聚在院子角落里低声说话。他们说话总是压低语声，笑也是静静微笑。

除了礼拜堂还有几间殿堂，有关的僧人像做什么准备似的逐个转来转去，用长棍样的工具给殿堂里的灯点火。院子到处高高堆着劈开的圆木准备过冬。

想不到我们睡得很熟。睡得早，以为能够早起，但睁开眼睛已经六点半了。昨天那个老伯进来把我们叫醒，样子像是问我们要睡到什么时候。礼拜已经开始了，这种时候还在睡是不地道的。早饭都已结束。

我们赶紧穿衣走去礼拜堂。抬头看天，天空阴沉沉的，颜色不吉利的云快速飘移。和昨天的天气完全两样。可以感觉出空中有一股潮气。回想起来，来欧洲将近两个星期时间里还一次也没下雨。别说雨，甚至阴都几乎没阴过。所以根本没考虑到下雨的可能性。不过看这样子很可能下雨。

礼拜已经开始。身披艳丽僧袍的高僧向人们赐福。两个年轻僧人以朗朗动听的声音轮换唱着拜占庭圣歌。希腊正教禁止为圣歌伴奏。雕像也禁止。因为没有伴奏，听起来也像是日本的念经。昏暗的教堂里点着无数蜡烛。神情肃然的朝觐者们轮番接受祝福。朝觐者们似乎只能在礼拜之时进入教堂。我们是异教徒，悄悄缩在后头。其实他们也不希望异教徒进来。他们这种严格的宗教观——不妨说是本质上的不宽容——同积极接受外国人的日本禅寺大相径庭。他们是把宗教作为自我确认（identity）的方式，从历史的通道中冲杀出来的。有一个青年正在接受特别的祝福。不明白为何唯独他得以如此。大概有某种缘由吧。他跪在祭坛跟前，高僧站在旁边高诵祝词。少顷，高僧一件件脱下衣服，并把脱下的衣服搭在青年身上。这么说来，我忽然想起詹姆斯·布朗①的表演中也有这样一幕来着。同詹姆斯·布朗连在一起是有些不大合适，但那原本也是从福音中派生、发展而来的，感觉上应是同一回事。不管怎样，属于一种表演这点是确切无疑的。青年显然蛮紧张地接受祝福。我看着他的侧脸心想，为什么希腊人会有这般一本正经的表情呢？很多时候我就是以其表情的一本正经将希腊人同意大利、德国人区分开来的（例如迈克·杜卡基斯就是个好例子）。倒不是说意大利人和德国人表情就不认真，但希腊人的认真和那个还不一样。

① 美国黑人灵魂乐歌手（1933—2006）。

他们在某种场合几乎一本正经得令人悲伤，让我时而有些心境黯然，时而觉得不忍。

礼拜结束高僧离开后，礼拜堂里收藏的宝物开始向朝觐者们小心翼翼展示出来。管事僧用钥匙打开橱柜，我们排成一列依序拜见。即使在阿索斯半岛，伊比隆修道院这些宝物在数量和质量上也是数一数二的，亦被称为“博物馆修道院”。这么说是不大好，算是比较柔和的修道院。至少不是武斗派顽固不化的修道院。阿索斯二十座修道院可以分为两类，一类是全体共同生产性质的，另一类是多少柔软的承认个性的，祈祷是全体共同的，而饮食和劳作则由个人决定。伊比隆修道院属于后者。

伊比隆修道院的宝物基本是宗教工艺品。似乎各有来历，但我对这类东西概无兴致，并不觉多么可贵。其中有形状奇特类似药丸盒那样的东西。细看之下，里边装的似乎是人的遗骨。想必是古代高僧遗骨的一部分。希腊人在那些物件跟前难分难舍地画着十字。

我们大体看罢，管事僧十分小心地盖上盒盖，“咔”一声锁上，似乎在说参观至此结束。随即，堂内照明一支支吹灭。于是这场分外够规格的晨间功课告终。

这倒也罢了，问题是我们似乎漏掉了早餐，肚子渐渐饿了。试着进厨房问一下老伯，他说这个倒有，姑且吃了吧，说着递给一大块面包。我们拿回房间吃了起来。比昨天的还硬，简直咬不动。得得，往下每天都吃这种面包如何吃得消。就结果来说，如此不好吃的面包在阿索斯半岛是个例外，其他修道院拿出的面包要好吃得多。白吃白喝却写这样的事是觉得过意不去，但若编写“阿索斯的星级指南”一类导游手册，伊比隆修道院的厨房我想会是无星一级，遗憾。

七点四十分，我们背起背囊，告别这座无星修道院。

费罗塞修道院

七时四十分，我们刚走出伊比隆修道院大门，果然噼里啪啦下起雨来。雨倒不是很大，但看天空，又不像是避一会雨就会停下的样子。天空阴云密布。不管怎样，我们决定穿上雨衣前行。按阿索斯的规定，没有特别许可，同一座修道院不得住两晚。有进无退。

下一站是费罗塞修道院。我们原计划经费罗塞去卡拉卡尔修道院，若再有时间就争取去更远的格兰德·拉布拉修道院。因为只有三夜四日，很想尽可能抓紧赶路，但看这天气恐怕很难赶到那里。姑且走到费罗塞，然后再作打算吧。去费罗塞要爬山，但距离不很远。我们估算，这个程度的雨，费不多大力就能走到。

可是当时还不清楚，在这阿索斯半岛的东南部，天气变幻莫测。

至于为何这地方天气多变，我自然不大明白。或者海拔两千米之高的阿索斯山的存在使得气象大大乱套亦未可知。总之这里别看眼下丽日晴空，而转眼间就云笼山头，转眼间就大雨倾盆。而且半岛北部比南部、西部比东部更容易风云突变。不了解这点，就会大触霉头。在气象这点上，此地完全不像希腊。

然而我们对此一无所知。任何一本旅游指南都没谈及阿索斯的气候，以致我们马马虎虎伞也没带，只带了简易雨衣。而我更掉以轻心，仅仅带了件防风外衣。说马虎的确马虎得可以。可是，有谁会想到去九月初的希腊要带什么伞呢？实际上除了阿索斯，其他地区滴雨未下。

往费罗塞走了差不多一个小时，雨哗哗下了起来。雨很凶，裤子也好鞋袜也好什么都淋得一塌糊涂。山和海也彻底隐没在水帘般的雨中。一无所见，见到的唯独雨和水。身上渐渐冷了起来。若是这样，身穿正规登山装就好了，我一边这么想着一边在山路上走。行走之间，忽见路旁稍远些的地方有座小屋。有没有人不知道。大概是独立僧的小屋，也可能是什么作坊或者没人住的废屋。碰巧，避避雨估计还是可以的。

一敲门，出来一个长发蓄胡的年轻男子，也就二十五六吧。不是僧侣，穿普通衣服。我问进去一会儿可以么，他说不碍事进去好了。里边还有一个年轻男子，短发，胡子也刮了。再往里有个大房间，又一个人倒在那里吸着烟听收音机。锵锵锵——仍是凄凄哀哀的希腊民歌。这种音乐同雨声混在一起，更叫人悲从中来。

房间共有八张简易床，哪张都有新用过的痕迹。毯子堆作一团，烟灰缸满是烟头，一张床上散乱地扔着扑克牌。一本似乎很多人翻看过的破破烂烂的希腊语软皮书扣在枕旁。

“啊，随便坐。”胡子青年似乎这样吩咐。我们脱鞋烤袜子的时间里，他给我们做咖啡。用小锅“咕嘟嘟”煮的希腊咖啡。至少糖放了很多，甜得不行。我实在喝不惯这种甜咖啡，但希腊人不问放不放糖，只好忍着喝下。不过，由于身上发冷，热咖啡的确难得。

“日本人？”胡子青年问。我说是的。他说他去过日本。原来他也曾是船员。“川崎、函馆、长崎，”他说。简直像在唱《港城布鲁斯》。“现在来这里赚钱。”他继续道。他家在与阿索斯相邻的希索尼亚半岛，现在的职业是木工，在此从事两星期修道院维修作业，然后返回希索尼亚。一共八个人住在这里，全是木工。“其他人出去干活了，我们下雨守在家里。”语气中沁出一种无奈，似乎在说没人想待在这种地方。情有可原。红尘中的年轻男子在这一无女人二无酒馆甚至澡堂也没有的山中闷上两个星期，不无聊才怪。我说又喝不得酒，他说那倒不至于。说着，笑嘻嘻把我领去隔壁。一看，不得了，满地酒坛子。还堆着几箱苏格兰威士忌，啤酒箱简直数不胜数。此外有葡萄酒、乌糟酒、杜松子酒、伏特加，活活一个酒库。实际也像喝得很来劲，很多瓶空空如也。我不由赞叹：这般喝法居然没酒精中毒！

“不喝乌糟？”他问。于是我们庆幸地接过一杯乌糟。这瓶乌糟格外大，酒忽一下子暖融融地沁入胃中，感觉上无与伦比。不觉之间，好像自己的身体缺了乌糟很难坚持下去似的。毕竟越熟悉本地，本地酒这东西就越变得可口。在基昂蒂①地区旅行时一个劲儿喝葡萄酒，在美国南部每天都喝

① 位于意大利，以产红葡萄酒闻名。

波旁苏打，在德国始终泡在啤酒里，而在这阿索斯，对了，就喝起了乌糟。

在木工们的宿舍避了一个小时雨。“去费罗塞，很快有去费罗塞的卡车路过这里，坐在货厢里算了。”听胡子青年这么说，决定承其美意就是。这么着，我们在这里一边听着雨声，一边无所事事地打发时间。

不多工夫，一辆丰田轻型货车停在门外。驾驶席坐两个男子，货厢也坐了一个。胡子青年让司机把我们拉去费罗塞。好啊，坐上去，司机以手示意。雨略微小了，四周却相当冷。天空仍黑漆漆的。我们坐上货厢，丰田当即开动。老实说，路相当糟。泥泞得一塌糊涂，又是拐来拐去的坡路。拐弯时屁股常常颠起，每次我们都险些从货厢甩下去。就路况来说，一般只能由四轮驱动车爬坡，但开车的人似乎丝毫不以为意。同我们一起坐货厢的是叙利亚人，来此朝觐。我问常来么，他说常来，一副理所当然的神气，相当虔诚。

如此这般，来到费罗塞时我们已经筋疲力尽。浑身发冷，又给车颠得昏头昏脑。时间已过十二点。计划一步步滞后。

费罗塞比伊比隆规模小得多，一看就知整洁而平和。总的说来有一种家庭气氛。修道院四周整个围着高墙，入口有一座俄罗斯风格的漂亮塔门。整体上建筑物色调明朗，但因淋了早上下起的雨，颜色变得有些沉稳。雨已完全止息，门外坐着几个老伯悠闲地聊着天。墙外是葡萄园、果树园和一片开阔的菜田。

走进“阿尔霍达”，一个文静的年轻僧人出来给我们送来鲁克米果冻、茶和乌糟酒。从这时开始我也可以把鲁克米全部吞进肚里了。甜是甜了点，但总可以壮起胆子——尽管仍战战兢兢——整个吃掉。茶和乌糟酒也美妙得很。之后年轻僧人把我们领入房间。不大的三人房。我们在这里脱掉湿透了的旅游鞋，换掉长裤和袜子，然后吃苏打饼干和奶酪代替午饭。几乎闷声不响地一口口吃着。吃罢歪身上床，理直气壮似的呼呼睡了过去。睡得十分香甜。我蓦然心想：光是被雨淋一淋人就会变得如此垂头丧气！倘淋得再厉害些，说不定会投向宗教的怀抱。修道院的床成了我们的救星。

费罗塞修道院让我记得最清楚的，是“阿尔霍达”里的僧人全都和蔼可亲，建筑物颜色赏心悦目，以及午觉睡得无比惬意，所以我对这座修道院的印象十分美好。至于其他的——对不起——都记不确切了。记忆荡然无存，现在就是想写点什么也全然无从记起。或许是被淋雨消耗一空的关系。也可能睡得太沉了，以致前后记忆依稀莫辨。不过说到底，修道院这东西一天转上两三座，看起来难免千篇一律。这么说倒是失礼了。

三点过后，天气恢复，天空明亮起来。我们谢过负责接待的热情僧人，开始向下一座修道院进发。我们一点点往半岛尖端南下，前往更为原始的地带。

卡拉卡尔修道院

去下一个目的地卡拉卡尔修道院一小时的路很好走。我们下山，又下到海边。到达卡拉卡尔门前下午五点刚过。今天只能在此投宿。

卡拉卡尔端上的是咖啡和香子兰（vanilla）水。香子兰水就是把香子兰果“嗵”一声放进玻璃杯水里。香子兰融入水中使得水味变甜。先喝水，再用小匙舀香子兰吃。这东西反正就是甜得要命，我无论如何受用不了。蜜蜂闻味飞来，落在杯边“吧唧吧唧”舔水不止——便是甜到这个程度。

给我们上香子兰水和咖啡的是一个叫马什的年轻僧人，戴着俨然大学外聘讲师的眼镜，蓄着黑黑的胡须，完全一副煞有介事的学究架式。后来问年龄，答说二十八。讲一口相当考究的英语。我等照例说是佛教徒。结果他想详细了解佛教教义。遗憾的是，关于佛教我不具有多少专业知识。我思忖，较之佛教徒，恐怕还是回答“高科技教徒”或“高度发展资本主义教徒”之类好些。若是这个，倒可以比佛教多少说得详细些，例如索尼随身听是如何诞生和发展的等等。

“一小时后吃晚饭，先休息吧！”马什君说。饭前时间里我走到院子，把礼拜堂窗口的五彩玻璃的花纹素描下来。这里的五彩玻璃也远远算不上华丽，保存状况也很难说有多么好。

院子里住着一家蛮可怜的猫。一只母猫和五只小猫，母子全都瘦得形销骨立。在基本百分之百实行素食主义的修道院里安家落户（这座卡拉卡尔修道院实行更严格的素食，禁食肉食。若有祭祀活动之类，倒可能有鱼出现），它们不可能胖。可是猫们何苦特意选择饮食状况如此糟糕的地方定居呢？真个匪夷所思。偏偏选中修道院，只能说是异想天开。

修道院里放着各种奇形怪状不知做什么用的工具。例如用铁丝吊着两端变圆的木鱼样的东西，下面挂着木槌。还有一座建筑物前面悬一块陡然弯成马蹄形的大铁板，上面也带一把铁锤。铁锤形状很不规则，像是谁心血来潮做的。此外，长约两米状如螺旋桨又如舍利塔的长板扔得满院子都是，两端圆似木鱼，但中央部位像为抓取方便削得很细，而且好像用了很久，已经变成糖饴色了。这东西在昨天投宿的伊比隆修道院根本没见到。

马什介绍了这些工具。他说是用来向修道院僧人们通知祈祷时间的。“先敲马蹄形铁板，再敲木鱼，接下去拿起这名叫萨曼特隆的螺旋桨形板边敲边围着修道院奔跑。半夜十二点就听见了。”他说。

“十二点开始祈祷？”

“是的。半夜十二点对于我们——以你们的时间说——相当于早上四点。”马什说，“所以，那不是半夜的祈祷，而是早晨的祈祷。”

莫名其妙。马什进一步说明：“就是说，我们是在不同于你们的时间中生活的。这是从很久很久以前持续下来的时间，被称为‘拜占庭时间’。依据‘拜占庭时间’，一天不是从午夜十二时而是从日落开始的。因此，你们的午夜相当于我们的上午四时。”

言之有理。阿索斯的修道院全部采用这种拜占庭时间。

但不知何故——忘记问了——唯独昨天投宿的伊比隆修道院例外。所以，昨晚未能听得午夜的木鱼声或钟声。“我们十二点起来，分别在自己房间祈祷。后半夜一点全体集合祈祷。祈祷大体持续三四个钟头。特别日子有时持续十小时左右。”祈祷完毕，他们分开去各个场所干活，单独学习，再次祈祷。

我想这和我的工作时间差不多。我一般也在凌晨三四点开始工作。然后做家务、运动。特别的日子也有时工作十个来小时。平时不那么玩命。无论对象是什么，注意力持续的时间或许都差不多。

六点半我们被叫去吃晚饭。我们是异教徒，不能和他们一起吃饭。大家吃完后，叫我们单独去吃。因为正式晚餐要同时祈祷，异教徒无法加入。不过，没有郑重其事的仪式，说快活倒也快活。吃饭这事情还是想悠着性子来。晚饭菜单有类似杂烩粥的米粥和三个西红柿、橄榄咸菜，以及又软又香的面包，不加量。杂烩粥里有大豆。较之昨天伊比隆的伙食，好得没法比。材料哪一样都是在这修道院里采摘的，一咬，味道猛地在口腔散开。毕竟是绝对彻底的天然食物。简单至极，清淡之至，和所谓希腊风味菜截然不同。

我对马什说因为明天一早动身，吃不上早餐。马什随即从厨房拿来许多面包和橄榄，并装进塑料袋，让我们带去。实在亲切得很。我们道谢接过。面包也好奶酪也好橄榄也好，都是他们亲手培育的。

晚饭后，马什带我们看修道院的菜田。田里长着西红柿、茄子、甘蓝和大葱。看上去土质非常肥沃。肯定因为雨多适合蔬菜栽培。暮色深下来以后，开始传来仿佛与此呼应的雷声。雷虽然远，但声音一阵紧似一阵。云又开始出现。正担心明日天气，雨啪啪啦啦落了下来，得得。

我们回到房间，一边听雷一边打开在达菲尼杂货店买的红葡萄酒喝着。虽是便宜货，但由于身体渴求酒精，觉得分外香醇。仅有三张床的狭小房间，照明只一盏煤油灯。没有电。厕所是手动冲水式，就是说或用旁边的软管冲洗或自己往桶里灌水哗地冲下去。简单。卫生纸冲不下去，扔进现成的盒子里。这道程序不限于阿索斯，整个希腊无论哪里都一样，习惯了倒也没什么不便。借着煤油灯光喝多少带有特殊涩味的葡萄酒也甚是舒心惬意。雷声不时传来耳畔。于是我想起马什的话，他说这一带时常落雷烧毁修道院。紧挨我们住处的一栋房子就在几个月前给落雷烧掉了，现在还焦黑黑地扔在那里。看来这地方不单雨多，雷也够多的。我可不愿意在这地方遇上落雷焦黑黑一命呜呼。正想着，八点左右有人轻轻敲门。开门一看，是马什。

“这个也带上吧！”说着，递过一个装着葡萄、元葱和青椒的袋子。真够友好的。多谢。九点，我们吹灯睡觉。

半夜被钟声惊醒。很奇妙的钟声。奇妙的节奏奇妙的音阶。看表，后半夜二时二十分。静静躺着未动，不一会儿木鱼样的东西响了起来。也同钟声一样，以奇妙的节奏和奇妙的音阶响个不停，一如马什所说。此外，那个叫萨曼特隆的螺旋桨形奔跑的木鱼也“咚咚”开始敲响。声音渐渐由远而近，又渐渐远去。从声音移动方式推断，萨曼特隆敲击手像以相当快的速度一路奔跑。但敲法很有力，节奏有条不紊。至于怎样的声音，说明起来非常困难，因为和我们通常听到的任何声音都不一样：短促、明快、清脆，声音凛然而遒劲地敲击夜空，一瞬间击穿夜幕传来我们耳边。虽说我对宗教没有什么虔诚之心，但还是能够觉出那声音里蕴含的某种心灵信息。唯独那声音的回响我想怕是无法录进磁带传达出来的，因为那是包含所有状况的声音、震颤所有状况的声音。阿索斯深沉的夜色。沉默。与我们不同的时间。满天的星辰。

整个修道院的僧人似乎全部在这栋房子里集合。上楼梯和在走廊行走的“吱咯吱咯”声不间断地传来。我们住的这座建筑物的走廊木地板损伤非常严重（说濒于解体也未尝不可），每走一步都发出宿命的吱呀声，而且板与板之间有空隙，蜡烛的黄色光亮呈一条线泻落下来。此外则一无所见，漆黑一片。唯独不规则的光线从天花板泻下。我们住在二楼，看情形楼上是做夜间礼拜的场所。

我爬起身，拿小手电筒走到房间外面。黑漆漆的走廊尽头，可以看见僧人们手中闪闪摇曳的烛光。他们三三五五爬上楼梯，消失在楼上。蹑手蹑脚尾随他们爬上去一看，楼梯上头有个小礼拜堂。朗朗的诵唱声传来。烛光明晃晃的，可以看见聚集一堂的僧侣那仿佛从夜幕中穿过的黑乎乎的僧衣。老实说，较之庄严，很有些令人惧怵。

我这人对整个宗教不具有丰富的知识。但若允许发表我个人感想，我觉得希腊正教这种宗教有时候好像能让人感觉出超越教义的东方式惊骇意味，尤其在从楼梯一隅窥看夜半礼拜的情况下。其中的确存在着以我等理性所无法处理的力学，仿佛欧洲同小亚细亚在历史的根本点上互相妥协的那种力度，比之形而上的世界观，似乎具有更为神秘而凡俗的肉体性。更进一步说来，我甚至觉得希腊正教乃是由最直接继承了满怀基督教之谜的人的小亚细亚式惊骇性所形成的。

我在楼梯侧耳倾听了一会他们的祈祷，后来觉得似乎妨碍了人家，遂走进院子。雨停了，夜空一片澄明，万里无云，简直像天象仪一样哪怕每个角落都布满亮得刺眼的银星。

怔怔望了三十分钟夜空，然后回房间钻进被窝。想到今天也大概是个好天气，心头一阵释然。远处唱和的僧侣们的祈祷声柔软地充满我的耳朵，我很快睡了过去。

拉布拉修道院

来阿索斯第四天。一大早告别热情好客的卡拉卡尔修道院，向格兰德·拉布拉修道院进发。从这里开始路渐渐艰难起来。因为要沿阿索斯山麓绕行一周。这以前的路像是让我们练腿。好在今天晴空万里，是个适合旅行的好天气。

“有一点不太明白。”摄影师松村君说。此人平时只是笑眯眯不怎么开口，而一开口常常提出较为本源性的疑问。“那里僧侣们，吃那么糟糕的伙食，为什么还胖呢？猫都瘦得咯嘣咯嘣的。”

经他一说，果然觉得看到不少肚皮挺出的和尚，血色也并不差。每天只吃一点点粗粮，劳作又很辛苦，胖从何来？粗茶淡饭和运动是减肥的基本，那样的生活多少年持续下来而若还胖，减肥什么的应当从全世界彻底销声匿迹才对。不可思议！此乃神之庭园阿索斯半岛上一大谜团。或者年龄大了便胖乃此地人种性特质亦未可知。也许无论怎样的生活都避免不了他们非胖不可的倾向。也可能在什么地方偷偷地巧妙地补充了营养。

如此在山路上东拉西扯之间，发现泥泞的路面有很大的足迹。类似狗爪印，但作为狗未免过大。体重也好像相当可以，足迹陡然深深嵌入地面。如此清晰的足迹一个个重叠着伸向前去。看样子，雨过之后有什么成群结队在山路上移动，而且和我们前进的方向相同。说不定是狼、一群野狼。我们就此议论良久。可是——不大明白的是——狼与野狗之间有这么大区别吗？不就是AC/DC和电机头那个程度的差异吗？不管怎样，我可不愿意同那样的角色发生关联，一定要在天黑前进入修道院门内。

到格兰德·拉布拉有相当长一段路程。我们在山路上爬上爬下，顺着海岸前行。说是顺着海岸，其实海岸线几乎全是悬崖峭壁，上下相当艰险。十点半，累得浑身瘫软，坐下喝水，吃苏打饼干，然后继续爬山。但无论怎么爬都爬不过山梁。看地图，该早已翻过山梁才是。不管怎么说时间都花得太多了，无论怎么看上坡路都太长了。核对指南针，发觉我们偏离预定路线，似乎在朝阿索斯顶峰行进。但是无法断定。商量的结果，决定先走到路标出现时再说。

十二点，当我们快累得趴在地上的时候，遇见了樵夫一家三口。他们在山坡砍树，放在驴背上驮到下面路口，在那里装车，一起运下山去。驴共有六七头。樵夫一家由父亲和大儿子、小儿子组成。还有一只小狗。小孩告诉我狗的名字叫米克罗。用日语说，大约就是“小东西”。

我们说想去格兰德·拉布拉。“完全搞错了，”对方回答，“路走错了。这条道，哪里也去不了。”总之，这条路似乎是砍木材运木材用的。他说一定要折回，一直往下有块路标写着“格兰德·拉布拉”，在那里右拐即可。可是我们是留意着走过来的，却没有发现，真是奇怪。不过既然本地人这么说，自是奈何不得。

他们大概也正好到了午饭时间，我们一同走下来时的山路。驴背上绑了一大堆木材，敲驴屁股让它先行，我们跟在后头慢慢行走。“从哪儿来的？”那位父亲问。“从日本。”他听了现出费解的神情：“怎么来的？”我说飞机。

三人对视说了声“飞机”。听到乘飞机而显得敬佩的，我还是第一次见到，不由实实在在感到自己来到了很不得了的地方。

这一家是从一个叫阿尔内的村子出来打工的。老伯在我带的地图上指出阿尔内村的位置。“啊，这一带！”地图上没有阿尔内村，是在北面很远一个叫德拉马的镇附近（过去我坐大巴在那一带旅行过一次，德拉马镇绝对是个非 dramatic[①] 的镇子）。“这里还有三个孩子，”老伯得意地说，“在这里干一个月，干完回阿尔内。”说罢微微一笑。听懂这个意思费了很长时间。我的希腊语固然一塌糊涂，可他们的乡音也够重的了。

想必下面有他们睡觉的场所，但午饭似乎是在途中临时搭的小屋里吃的。立起柱子，像暖窖那样围起塑料布，便是这样的小屋。小屋旁边有水涌出，清凉凉的好喝得很。樵夫父子用那水为我们做了咖啡。小孩说他是李小龙迷。李小龙在希腊的人气简直排山倒海，罗伯特·德·尼罗和汤姆·克

---

① 戏剧性。两者发音相近。

鲁斯以及哈里逊·福特[①]捆在一起怕也望尘莫及。这些人常去的电影院恐怕只能上映拷贝便宜的香港电影。

喝罢咖啡照了张纪念相，谢过他们后继续前进。沿路一直下行，果然有一块写着“格兰德·拉布拉”的路标。正是我们筋疲力尽在十点半坐下去吃零食休息的地点。也许实在太累了，只想休息，以致看漏了。从我们当时坐的位置看去路标那里正是死角。罢了罢了，又白白耗掉了三个小时。如此下去，没准晚间也赶不到修道院，要和狼们狗们一起露宿山林了。

但不管怎样，肚皮已经瘪了，决定在岔路口吃午饭。切了马什给的蔬菜，连同咸牛肉做成开放式三明治吃了起来，又“咕嘟咕嘟”喝刚才灌进水壶的冰凉泉水。编辑O君说：“哎呀，这么美味的咸牛肉生来还是头一次吃到。”累成一摊泥，加上好久没吃肉了，自然觉得咸牛肉罐头好吃至极，的确香入骨髓。马什给的蔬菜也甘美得很，西红柿的味道似乎吸足大地的养分。今天是O君第三十三个生日，能吃上如

① 这三人均为美国当代电影明星，擅演硬派角色。

此美味的午饭，作为我也不胜欣喜。走了弯路也值得。脱去湿透汗水的衬衫晾晒，躺在那里闭起眼睛，听了一会儿鸟鸣。

休息二十分钟后，打起精神出发。同样上上下下的高原路蜿蜒不断。所幸天气好，阿索斯山头不时飘来云絮，但不是那种不吉利的雨云，白得干净利落。最后到达目的地拉布拉修道院已经傍晚五点多了。从早上七点开始，差不多走了十个小时。疲于奔命的一天，脚到底痛了。

在拉布拉，上来的仍是那三件：鲁克米果冻、咖啡、乌糟酒。鲁克米狼吞虎咽吃了，甜味现在也没得说了，无上幸福。把那果冻塞满口腔，只觉得一股妙不可言的甘甜势不可挡地沁入浑身每一个细胞。这样的日子持续下去，大有可能成为铁杆鲁克米爱好者。咖啡也极够味儿，乌糟酒也好上天了。罗马餐馆的香味儿早已飞到九霄云外去了。

我们到拉布拉修道院不大工夫，意大利人模样的旅游团吵吵嚷嚷闯了进来。大约是宗教团体，一个罗马天主教的修道僧领着十四五人。估计是作为同样的修道僧前来阿索斯参观或干什么的。不过这修道僧竟然提着收发两用机，机身挂着玫瑰念珠。不知吃的什么东西，血色好得出奇，一有什么就高声咯咯笑个不停。虽说同是修道僧，但阿索斯和罗马差别如此明显，简直像乌鸦群中的一只白鹭。意大利人一般都集体行动，加之喋喋不休，无论在哪里都一目了然。"好啊"、"妙极"、"不错"——吵得要死。这伙人看样子是坐大巴来的，不知何故，里边还混进一个波兰人。此人似乎对那伙意大利人相当伤脑筋，而往我们这边靠拢。但我们忙于采风，没怎么搭理。本来就不该和一伙意大利人掺和在一起。我在马耳他岛旅行时也加入过意大利人旅游团，简直是人间地狱。

和卡拉卡尔不同，在拉布拉，正教徒和异教徒一起吃饭。大家在宽敞的餐厅里聚在一起，边听祈祷边吃午饭。餐厅右侧是修道院餐桌，左侧是朝觐者餐桌。顶头的餐桌是高声祈祷的僧人用的。餐桌是大理石的，感觉极其时髦。即使拿到麻布①的酒吧里去也可能受欢迎。

不过这正式晚餐吃起来困难重重——必须在祈祷时间里

① 东京一繁华地段的名称。

三两下赶快吃完，而且还有此时可以吃此时不可以吃等诸多清规戒律，情形十分了得。稍有差错，就要遭到同桌朝觐老伯的白眼。但我们没有宗教信仰，况且饥肠辘辘，只管大吃大嚼。

食谱有炖菜（豆、茄子、南瓜、红薯、元葱、青椒）和奶酪（山羊奶酪），还有面包（面包还是昨天卡拉卡尔的好吃）和葡萄酒！见得葡萄酒我实在乐不可支。深色白葡萄酒装在长颈瓶里“嗵”一声往餐桌正中间一放，倒在杯里一喝，味道相当不可思议。我在希腊委实喝了各种各样的葡萄酒，而这个和哪一种都有根本性差异。首先，多少有甜味。但并非所谓甜葡萄酒的味道，而是倔强的险峻的甜。若在平时，想必觉得不好喝，甚至可能以为——现在想来——味道变质了。但我当时的确觉得香醇，至今仍清楚记得那种味道。是用身体而不是用舌尖记住的。后来买了说是阿索斯山酿造的葡萄酒喝的时候，竟成了毫无特别之处的味道普通的葡萄酒。

然而那葡萄酒我未能喝得尽情尽兴。斟第二杯时，对面坐的一本正经的朝觐老伯定定地逼视我的脸。我推测大概是不得喝第二杯。结果，第三杯没能喝成，遗憾。现在回想起来也觉得遗憾之至。

饭快吃完的时候上来了一盆西瓜。O君以为是饭后甜品，刚拿西瓜咬了一口，祈祷结束了。O君正要咬第二口，朝觐老伯狠狠瞪着他说："不成！"这么着，O君好不容易迎来生日，却只吃了一口西瓜。"好吃倒是好吃啊！"他懊恼地说。祈祷结束的时间同甜品上来的时间过于接近了。

在这方面，修道僧因为习惯了，全都不失时机地美美吃了顿西瓜。不愧训练有素。佩服佩服！在《阿索斯星级指南》上面，这拉布拉修道院估计得分不少。炖菜可口，有葡萄酒上来也令人欢喜。只是，上甜品的方式恐怕要在服务分数上失分，另外面包也有待改进。

吃完饭，作为明天的食粮，我把餐桌上的面包和奶酪手脚麻利地塞进口袋带走。看样子餐厅的人忙得不可开交，气氛上很难容自己提出什么明天一早动身能否多少分一点食物。何况规定多如牛毛。见我三把两把将食物塞进口袋，那些人全都露出十分厌恶的神色，和卡拉卡尔友好的马什有天壤之别。可我不能因周围人做出厌恶的神色就不战自退，食物这东西对于我们乃生死攸关问题。O君也乘隙偷了西瓜回来，此人始终对西瓜情有独钟。

普罗德罗姆小修道院之行

这格兰德·拉布拉一如其名称所示[1]，是阿索斯半岛特别大的修道院，最大，又最古老。因而设施庞大齐全，但似乎多少缺乏家庭韵味。拿餐厅来说，未免过大，那样子简直同银座的"狮子"啤酒屋[2]无异。至少西瓜该让人家慢慢吃个够嘛！

"不过，修道院并非为了让异教徒淋漓畅快吃西瓜而存在的。"O君说。这也的确言之有理。

此外，这座修道院设有纪念品商店。卖的当然不是馒头、僧侣偶人等修道院货色，而是正正经经的宗教物品。尽管如此，终究还是纪念品商店，并且这里好端端通着电气。厕所甚至镶了块明镜。以前去过的修道院根本没什么镜子，以致我以为修道院出于不可——注意外形这个原因而一律不放镜子。然而这里有一面，试着往里一照，双颊悄然下陷，胡须越来越长。看来阿索斯岛正适合健身。

这里似乎有种种样样来历不凡的建筑物和宝物，但一开始我就交代了，我对这类东西没什么兴致，再说以我的欣赏习惯看这座修道院有些过大。于是在院子里随便散散步、看看壁画就算完事。能够在阿索斯半岛停留的三个晚上就这样用掉了。我们本来打算去半岛南端转一圈，但由于下雨，日程整个乱套。这就开始深入秘境未免意犹未尽。

不管怎样，先去南端的卡胡索卡里贝亚的小修道院（斯基特）看看，再从那里乘船返回达菲尼。这样，也就算大体到了半岛南端。格兰德·拉布拉往前——也就是说绕完阿索斯再往前——正规修道院已经一个也没有了，有的只是小而粗疏的类似修道院派出所那样的东西。这些派出所也分几类，依大小顺序，称之为斯基特、凯利约、卡里贝、卡泰斯马、黑希哈斯特里奥。修道院各有定员，超过定员，剩余的

---

① 格兰德同英语 grand（大、伟大）发音相似。

② 这是个西洋风格的老啤酒屋，面积大，俨然教堂。

就离开修道院，被分去这些“派出所”。最大的斯基特感觉上就好像把修道院规模缩小了一圈、统一性弱化了一点。至于最后边的黑希哈斯特里奥，已经彻底成了隐士小屋。他们在远离人烟的荒地、山中或洞穴里边搭一座小屋，在那里不受任何人干扰地过着孤独的宗教生活，即所谓武斗派的苦行僧。而且他们多数住在格兰德·拉布拉前面的半岛南端。因此来半岛后，作为我无论如何都想继续南下。

一清早我们从格兰德·拉布拉修道院出发。幸好天气不错，晴朗无云。由此往前的路渐渐难行，又很快糟到了极点。大多数路段只能容一人通过，并且路面时不时消失不见，看样子一下雨路面就会成河。草蓬蓬勃勃长得很高，必须一一用手拨开才能迈步。道路标识也马虎起来，有几条踩出来的岔路让人摸不着头脑。但至少意大利旅游团没来这里。

“村上君，你对意大利人好像很有成见。”O君说。

那倒不至于。不过好容易离开罗马，不想在这样的地方碰上意大利人（不是吗）。

约一个小时来到普罗德罗姆小修道院。一座稍稍离开海岸的斯基特。路上一直有一只蛮乖的狗跟在后面，一叫就跑，一迈步又尾随而来。此外谁也没遇见。狗一直跟到修道院门口。

普罗德罗姆小修道院空无人影，穿过门进入院子，走到像是“阿尔霍达”的地方大声呼喊也没人出来。阒无声息。看上去就好像最近因为什么彻底放弃了这座建筑。干干净净，井然有序，但空不见人。人的动静也没有。鸟鸣声从什么地方传来，如此而已。

无奈，我们坐在那里等人到来。

大约过了十分钟，一个瘦瘦的僧人如淡淡的影子无声无息地出现了，手里拿着扫帚，道歉说没注意到对不起。早上八点刚过就来这里的巡礼者怕是很少有。他照例端来咖啡、鲁克米果冻和乌糟酒。这么说或许不好——鲁克米的味道还是卡拉卡尔的好。

僧人名叫库列曼，是罗马尼亚人，讲法语。他介绍说，这座小修道院隶属格兰德·拉布拉（所有的斯基特均隶属于某座修道院），创立于一八六三年，住在这里的十五名修道僧全部是罗马尼亚人。他把我们领到院落中央的蛮气派的礼拜堂。礼拜堂只有做礼拜才能参观，但库列曼神父为人热情，特意为我们打开门。一进门就见到无数受难图。无论墙壁还是天花板，无不绘有过去遭受宗教苦难的圣人画。这不是壁画，只是用颜色画上去的，已过了差不多一百年，褪色和裂纹相当严重，但仍很鲜艳，看了不由感慨世界上委实充满着种类繁多的苦难。

煮在锅里的圣者有之（此人稍微显得难受，但似乎不是特别烫），手脚险些被斧头剁掉的圣者有之（此人看样子相当痛苦），腹部置红火炭者有之（有人的神情仿佛在说悉听尊便），腋下被火烧者有之（此人以傻呆呆的神情加以忍受），绑在车上飞速旋转且背部被铁钉尖划得皮开肉绽者有之（此人大概昏迷过去），倒吊起来活剥皮者有之（看样子很痛）。压卷之作是锯裂胯骨，头朝下吊着，锯从胯间锯下去。这个我觉得可不是开玩笑。如此看着看着，心情渐渐黯淡起来。不过进到教堂里面，但见祥和的天堂景观铺展开来。圣人被神请到天国憩息，异教徒堕入地狱遭受不尽的苦难。天使吹响喇叭，圣母慈祥地微笑。地狱也好天堂也好都有点夸张造作，构图也单调。不过说到底，这种笨拙正是希腊正教的长处和一贯特色。天主教堂也有类似的手法，但没有如此凄惨可怕。在威尼斯的 Torcello 岛见过的受难图在意大利以残酷的地狱图而闻名，但同这个比起来简直成了准天国。总而言之，看这些图的时间里，我觉得自己受的难还不够多，遭到文艺批评之类，根本不能称为受难。“已经破损得很厉害了，但这座斯基特贫寒，没办法修复。”库列曼神父说。

看完礼拜堂，库列曼说这附近有圣人住过的洞穴，劝我们去看一看。时间还早，去看看无妨。我们转到小修道院后面，穿过仿佛曾让基督经受考验的到处是石块的荒地，来到海边的悬崖峭壁。路上有几座两三个僧侣居住的小屋。刀削般的石崖上凿有狭小石阶。究竟多少阶不晓得，总之很陡很陡。我们留心着不踩空石阶，慢慢下行，岩壁上果然有个洞穴，里面搭一个小屋，小屋里放着扫帚、木鱼和木槌，地面向海那边倾斜得叫人害怕。岩壁上方垂下一根软管悬在小屋窗外——估计是从小修道院引水的。在没有软管的年代想必用桶提水来着。生活可想而知。

小屋后头、洞穴深处有个静悄悄的小礼拜堂。里面有祭坛，变短的蜡烛排列在蜡台上。一个人也没有，惟有海风飕飕吹来。礼拜堂旁边的小洞穴里摆着四个古旧的头盖骨，不知是几百年前的，反正看上去很有年代，大概是住在这里修行至死的僧人的。应该是难得可贵的骨骸，但一旦成为骨骸之后，外观上就分不出是圣人还是凡人，是小说家还是摄影家抑或编辑。全都一样，无非白骨而已。

折回普罗德罗姆小修道院，几名修道僧把图书馆的旧书放到阳光下晾晒。也有人解开钉书线拆开来修护。一切都那么安静。问道能否照相，答说不要紧。在阿索斯拍摄僧侣困难之至（多数僧侣不愿意，甚至有发脾气的），但这座小修道院的修道僧则满口答应下来，看上去性格较为平和。

另外，我们带的食品也渐渐少了，自觉厚脸皮，但还是问库列曼神父能不能分一点食品给我们。库列曼神父点头去了哪里，不多工夫手拿装满食品的袋子返回，里边有西红柿、奶酪、面包和橄榄咸菜。从贫穷的小修道院如此白拿食物很过意不去，而这分亲切实在难得，实际上后来也帮了大忙。卡拉卡尔的马什也好，这普罗德罗姆的库列曼神父也好，若无他们的好意，我想我们的遭遇会更加狼狈。对宗教诚然不知其详，但其亲切我心领神会。爱消失了也有亲切剩下——大概是博加特[①]说的吧。

十时四十五分，我们告别普罗德罗姆。下一站是卡胡索卡里贝亚小修道院，从那里乘船回去，如果顺利的话。

当然未能顺利。

① 汉弗姆·博加特（1899—1956），美国电影演员，主演《卡萨布兰卡》等。

卡胡索卡里贝亚

从普罗德罗姆去卡胡索卡里贝亚的路相当艰难。平地几乎没有，或陡然向上，或急转直下。翻过一座险峻的山峰便是深邃的峡谷，然后又有山峰拔地而起。如此反复不止，令人相当厌倦。海边的石崖路大多崩塌，必须手扶石砾斜坡前行。行了两个小时，到底累了，遂在山崖上休息，看着海喝水、吃库列曼神父给的面包和橄榄。对于疲惫的身体来说，橄榄的咸味委实妙不可言。

早上耸立在我们右边的山峰现已绕到我们的背后，我们正往半岛南端接近。不料注意到时，刚才还历历在目的阿索斯山顶那里已罩上令人怵然的乌云。湿漉漉沉甸甸的云。云的下端灰雾蒙蒙。看样子山上在下雨，且是很厉害的雨。天气又开始变幻莫测。糟糕，没准要下到这边来。正这么想着，雨点“啪啪啦啦”打来了。我们赶紧起身上路。走不到二三十分钟，雨劈头盖脸而来。路本来就举步维艰，一下雨更是雪上加霜，转眼之间都淋成了落汤鸡，前天的一幕再次上演。

同以大修道院为中心进行修道生活的半岛中央那里不一样，这一带多数修道僧在山里边过着差不多和农夫一样的个人生活。走一段路就会看见星星点点散在的人家，有小块菜田，有家畜棚栏，有葡萄架，有狗。不时碰上的僧人，虽然戴着那种僧帽，但穿的不是僧服，而是适于做重体力活的作业服，有的甚至穿着针织短裤或蓝色牛仔裤。

也有的小屋大概为了追求更加孤苦的外景地而把小屋建在俯视大海的悬崖峭壁的尖端。有的甚至会惊叹那地方到底怎样建的屋呢！本来可以在那样的人家或小屋避雨，但我们一致决定不管怎样先赶到卡胡索卡里贝亚的码头再说。一来阿索斯停留许可证今天到期，二来若赶不上四点钟从卡胡索卡里贝亚开出的船可就非同小可。于是我们在越下越大的雨中挣扎行进。

去卡胡索卡里贝亚路上没什么可写的。雨急路险，我们又疲惫不堪，几乎没有开口，只顾闷头行走。最后到达卡胡索卡里贝亚已两点多了。我们湿得像河里爬出，连骨髓都冻透了。

卡胡索卡里贝亚是个坐落在陡峭的山坡或者说是近乎石崖的斜坡上的小镇。何苦选择这么糟糕的地方建镇呢？叫人莫名其妙。如此陡坡种田都种不成，况且去哪里都要爬上爬下。从镇口到最下面的码头，估计有三十阶楼梯那样的落差。镇子地形简直疯了。虽说是镇，却一无店铺二无餐馆，沿街只有三三两两的几座修道小屋那样的劳什子。空不见人。总之是个空空荡荡凄凄清清的地方。加之大雨哗哗下得正猛，看上去即使不算世界尽头，怕也离得不远了。其实到开船差不多还有两个小时，但我们担心有始料未及的事情发生，决定先下到码头再说。

码头在出镇还要往下的地方，如尿壶的底。踩着石崖极陡的石阶一直下行，的确有个混凝土突堤样的东西伸出海面。波涛“呼嗵”一声撞在那里四溅开来，到处卷起色调黯然的海藻。雨落在无边无际的大海上，背后是悬崖峭壁，此外一无所见。没有码头建筑，没有匾牌，仅有一个突堤。得得，在这样的地方再冒雨等上两个钟头，一想都叫人黯然神伤。

不过人世总有转机。前行不远，有个洞穴样的场所。看来这一带地貌很容易形成洞穴。虽不太深，但进去避雨足矣。我们在洞里脱去衣服，用毛巾擦身，换上干衣服吃饭。早已饥不可耐，加上反正可以乘船离开阿索斯，便把剩余食品大体一扫而光。西红柿、奶酪和青椒夹进面包里吃，橄榄单吃。最后剩在背囊里的只有一点苏打饼干、两片奶酪和柠檬。

时针转过三点的时候，雨总算停了。雨停之后，恢复很快，太阳转眼探出脸来。阿索斯的天气简直叫人捉摸不透。我们走出洞穴，把湿衬衫湿裤子放在朝阳处晾晒，只穿久违了的短裤做日光浴。但觉舒坦至极，竟然迷迷糊糊睡了一觉。反正往下只管悠悠然等船来就是。因日程推迟没转成半岛尖端，但毕竟到了端头，再说食物也没了，该回去了。想刮刮胡须，想洗个澡，酒也想一饮为快。

然而船没来。

四点没来，四点半没来，五点还是没来。

“怎么回事呢？”我们一起研究可能性，但摸不着头脑。海上风浪并未大到足以停航的程度。或者船没看见我们也有可能。于是我们爬上崖顶，像鬼界岛的俊宽[①]那样朝着偶尔驶过远方海面的轮船“噢——噢——”喊叫。可是任何船都不看我们一眼，驶入我们所在海湾的一艘也没有。我们惨遭遗弃。

乘不上船，往下只能再住一宿。问题是只允许住三宿而住四宿是否可以，可是别无他法，只能住下，往后的事往后再说。

这么着，我们在卡胡索卡里贝亚的小修道院住了始料未及的第四夜。就结果而言，这里成了我所经历过的最有刺激性最艰苦的修道院。旅途中，事情便是如此阴差阳错，预定日程便是如此偏离了。毕竟我们身处异乡。这里不是为我们存在的场所，乃是异国他乡。所以，在这里事情不可能称心如意。反过来说，事情诸般不顺也才成其为旅行。惟其诸般

① 俊宽是 12 世纪的日本僧人，因密谋政变被流放鬼界岛（位于日本鹿儿岛县的火山岛）多年。这一历史故事因被编为日本歌舞伎剧目而闻名。

不顺，我们才得以碰上种种有趣的东西、奇异的东西、令人哑然失惊的东西。正因为如此，我们才旅行。

首先，我们问小修道院里会英语的僧人为什么船没来，据他解释，情况简单而明了：（1）我们等的码头不对，码头在另一座山的后面。（2）不过不必气馁，反正这样的天气船不会来。天气不好，船当即不开。（3）这个季节船两天一班，因此后天之前不会有船，而且因天气关系船不来的可能性很大。（4）最稳妥的办法是明天步行去亚吉亚·安纳，从那里乘开往达菲尼的船。半岛西侧亚吉亚·安纳每天早晨有班船开出。

“早晨几点？”

“七点。”

“从这里去亚吉亚·安纳要多少时间？”

“这个嘛，快也要三个半小时吧。”

可是无论怎么说，不可能早上四点前爬起去走山路，势必在亚吉亚·安纳再住一宿。而这样一来，要以三夜四天的许可证住五夜六天。问题又严重起来。

“不过，到了亚吉亚·安纳说不定找得到船。”我说。

“是啊，反正去了再说吧。”编辑O君附和道。

总之，我们不得不按最初的打算绕半岛尖端即最艰苦的地区徒步一周。

我们在卡胡索卡里贝亚的小修道院（一如普罗德罗姆，这里隶属格兰德·拉布拉修道院）住的僧房与其说是僧房，莫如说更像穷乡僻野的工棚。人家免费留宿还发牢骚是不大合适，但的确一塌糊涂。厕所粗糙得简直算不上厕所——我这人从未体验过便秘，可这回无论怎么用力也硬上不来排泄欲望。负责住宿的僧人长一副活像《德拉库拉》[①]电影里的驼背佣人的脏兮兮阴沉沉不吉利的面孔，态度极不耐烦，同马什和库列曼那样文质彬彬的人大异其趣，时不时嘟囔一句，把什么一脚踢飞或开门关门时弄得啪啪作响。我们到来也没招待，鲁克米果冻也好咖啡也好乌糟酒也好一样也没见到。

晚饭也提不起来。先说面包。面包简直一塌糊涂，不知什么做的，硬如石头，而且霉得长满绿毛。他把这东西扔进

① 爱尔兰作家布拉姆·斯托卡1897年出版的魔怪小说名。亦为书中主人公的名字。

洗脸盆用自来水泡涨，再用笊篱过水。肯用水泡涨未尝不可以称之为友好表现，问题是这东西根本不是人所能吃的。再说豆汤。往汤里“咕咕嘟嘟”倒了很多醋进去，“醋养元气。”他说。那或许不无道理，可是味道一言难尽。还有那犹如墙土的破破糟糟的奶酪，在我生来吃过的奶酪里边顶数这个咸，咸得让人扭歪了脸。有高血压的人吃了这东西保准呜呼哀哉。可是肚子饿了，不能不吃，除此别无选择。这么着，我们吞了霉烂长毛、用水泡胀的面包，灌了酸汤，嚼了咸奶酪。

“吃霉烂长毛的面包，身体不要紧吧？”松村君问。问得好。但我迄今没吃过霉烂长毛的面包，估计不出要紧不要紧。若身强体壮，有可能捡一条命，否则说不定报销。不过反正肚子饿了，没有办法。闭上眼睛吃掉算啦。不用说，味道绝不鲜美。

松村说他曾在中国各地转了一个月，有过种种样样的遭遇，但总比这里强。

吃喝时间里，不知从哪里来了一只猫。看样子猫是修道院的，一边“呼噜呼噜”响着喉咙，一边把脑袋蹭在给我们送来食物的那个面目可憎的僧人腿上。僧人尽管又嘟嘟囔囔发着牢骚（怕是在诅咒什么），但还是把发霉面包浸在豆汤里给猫吃了（对猫比对我们似乎多少亲切一些）。结果怎么样？猫居然“吧唧吧唧”吃得津津有味。

这光景实在难以置信，大千世界还真有靠豆汤和发霉面包活命的猫。这样的猫没见过也没听说过。我养的猫连鲣鱼饭都不正经吃。世界确实大。对于生在长在卡胡索卡里贝亚的猫来说，食物大概就是发霉的面包和放醋的豆汤。猫不知道——不知道翻过几座山后就有所谓猫专用食品存在，不知道甚至有分为鲣鱼味、牛排味和鸡肉味的特殊猫食罐头，不知道有的猫过早死于运动不足和营养过剩，不知道发霉面包绝对不是猫应吃的东西。这些是卡胡索卡里贝亚的猫根本想像不到的。猫肯定边吃发霉面包边想今天能吃上发霉面包真是幸福啊，活着真好。

那样的岁月或许是一种幸福。但那不是我的岁月。倘若在这样的地方再憋上一天，再吃发霉的面包，我们势必土崩瓦解。明天还是尽快撤往亚吉亚·安纳吧！

亚吉亚·安纳——再见，阿索斯

晚饭后没别的事干，于是拿出关于阿索斯的历史书，歪在床上查阅卡胡索卡里贝亚是如何形成的。书上说，卡胡索卡里贝亚是由四十个卡里比（像一家人那样生活的人数少的小修道院）合在一起成立的。最初住在这里的是一个名叫马克希莫斯的隐士。此人似乎是个讨厌人类的，或者真正是个偏执型隐士。一开始他在近海处盖了一座茅庐，一个人自得其乐地过着隐士生活。及至后来其他僧人赶来在附近建房子的时候，他嫌他们妨碍修行，一把火烧了自己住的小屋移居崖顶。或许是个急性子人，撤离倒也罢了，付之一炬未免过激。总之，这座贴在石崖上的地形奇妙的镇便是这样形成的。镇的创始本身就够偏执的，而且这种偏执至今似乎仍然作为此镇的特性根深蒂固地留传下来，我觉得。

也可能是这里负责投宿的僧人不大希望来人，因而就算不烧小屋（——烧不过来），也要拿出发霉面包尽快把我们打发走。若真是这样，其战术便成功了。吃早餐时我们一看见用水泡胀的发霉面包上来就蔫头耷脑，而且这回还配了发霉长毛的鲁克米果冻，再加上咸奶酪和咖啡。但因肚子饿了，只好含着眼泪闷头咀嚼。

“喂喂，是不是在找我们别扭啊？”松村君说。过激意见。

“僧侣们在那边享受美味佳肴呢！”O君接道。

“如此说来，这里的僧侣们血色相当不坏，肚皮也鼓起来了。”松村君继续下文。

“不过猫是老实的，如果真是那样，根本不会来这里吃发霉面包，早闻出香味儿跑去那边了。”我说。

一时议论纷纭。但有一点意见一致：尽可能快些离开这里。去处是亚吉亚·安纳的小修道院。它也隶属于格兰德·拉布拉。虽说来到这地方不能指望肥吃肥喝，但总会比卡胡索卡里贝亚略有好转，但愿。

从卡胡索卡里贝亚去亚吉亚·安纳的路又很糟糕，不折不扣是阿索斯最糟的路。山迅速变险，谷迅速变深。攀上攀下，攀下攀上，连思考什么都厌烦。唯一的救星是天气好。途中同几个僧人擦肩而过。不过来到这一带，不凑到跟前已分不出是僧人还是乞丐抑或大马猴了。衣服破破烂烂，发须任其疯长，独有眼珠转来转去——便是这样的人在山里游走。路上遇见的一个老僧郑重其事地忠告我们："下次来时要洗心革面皈依正教。"

走了一个来小时，体力耗尽，遂在山梁上擦汗，切开柠檬挤汁喝了。柠檬真是好吃，喝几个也喝不够。尽管酸，可全然感觉不出酸。连皮也"咔嗤咔嗤"咬了榨汁。走路须常带柠檬，这是夏季在希腊旅行学得的一个教训。

不说点什么提不起精神，于是边走边谈吃：什么在东京吃鳗鱼去哪家店，什么荞麦面条哪里的好吃，什么吃火锅用的魔芋丝和豆腐哪个先放为妙，什么吃京都的烧大葱最好去哪里等等，尽是些无聊废话。但由于肚子正饿，交谈越来越现实，描写生动而具体。一如多数编辑表现的那样——用出版社经费吃饭乃编辑的一项职责——O君对饮食如数家珍，我也中意谈论吃喝，于是说个没完没了，大可消磨时间。而松村君却渐渐沉默下去，后来索性一声不响。我这人一旦开口就喋喋不休，但此君听得这种话，脑海里的食物形象自动自发地急速膨胀，每当提起食物，他便痛苦得心如刀绞。“当时真的很难受。”后来他对我坦白。我心里一阵歉然。不过早知如此，说得更刺激些就好了！这类描写是我的拿手好戏。

总之，我们便是如此饥饿，如此疲惫。昨晚到现在等于什么也没吃。背囊里倒有一点苏打饼干和奶酪，但必须作为应急食品留到最后关头。无可预料在阿索斯会发生什么。

如此这般，我们大约连续走了三个半小时。也是由于鞋号不大合脚，脚上的血泡破了两个，趾甲翘了起来。说痛当然痛，但最后连痛都懒得感觉了，只顾挪动脚步。我因为平时跑步，对这种强行军在某种程度是习惯的，问题是路况不好，何况已这么马不停蹄地走了四天。虽然是工作，但大城市长大的O君也够可怜的。

十一点二十分好歹到了亚吉亚·安纳。同卡胡索卡里贝亚相比，这里的人显然客气些。有咖啡和乌糟酒上来。乌糟酒委实够味儿，酒味儿好像整个沁入骨髓。从小修道院可以望见眼下光闪闪的大海和港口。这里也同卡胡索卡里贝亚一样，是在崖坡中间形成的集镇。

向僧人打听船，答说今天的船已经开了，只能等到明天早上。问有没有其他船，回话说若另外出钱也许肯来，于是请其往达菲尼港打电话联系。此人蛮热情，甚至同船长谈了价钱——“跟你说，要价是不是太高了？人家是从日本来的，怕不好接受吧。”如此讨价还价了好长时间。最终以两万五千德拉克马[①]敲定。看样子僧人觉得很对不起我们，问道：“要两万五千才来，怎么办？”贵固然贵（换算成日元，二万元多一点点），但又有停留许可问题，决定雇下再说。“可以的。”我们说。

过了一会，希腊人（多是在此停留的朝觐者）聚拢过来，七嘴八舌议论说这三个日本人花两万五千租船如何如何。两万五千对他们是相当不小的数目，很难相信出这么大一笔钱租船。本想告诉他们从成田到东京市中心搭出租车也

---

① 希腊货币名称。

要这个价，但说来话长，遂作罢。我适当解释说，虽然高得出格，但因为工作无论如何也得回去，又怕赶不上飞机。他们这才好像理解了。估计往下要把我们这件事议论好几个月。

船来之前就在那里晒太阳消磨时间。我请为我们打电话的为人和气的僧人领我去看礼拜堂。里面墙壁上同样满满画着地狱图和天堂图。也有种种样样惨不忍睹的殉教和受难场景。对方非常亲切地介绍礼拜堂细部，但因为是希腊语，具体听不大明白。不过此人的确亲切，说到"这位圣人被剜了眼睛"时做出真像要剜眼睛的手势，所以大致意思可以把握。

如此一来二去，船终于来了。船相当结实，看来是在渡轮时刻表以外临时开来的，不妨说类似船长个人赚外快。从这里到达菲尼一小时，从那里去乌拉诺波里两个小时。这个路程租一条船两万日元多一点点，以我们的感觉算便宜的。码头上有对希腊人父子，希望一起乘船过去，问可不可以。当然可以。为父者三十五六光景，脸黑黑瘦瘦，小男孩十来岁。两人从凯拉希亚来，把阿索斯修道院转了一圈，这就要去代奥尼苏修道院。一对沉默得不可思议的父子，其中总好像有什么缘故。

上得船，我们马上脱下运动鞋打赤脚，只穿一条短裤躺在甲板上。途中在代奥尼苏修道院靠岸放下朝觐父子，之后朝达菲尼驶去。进入阿索斯和离开阿索斯必经达菲尼。在达菲尼我们不得不重新穿上长裤。在神的庭院里穿短裤是不敬的。达菲尼有个检查许可证和简单检查行李的地方，看是否把修道院的宝物带出，但没那么大动干戈。我们停留期间的过期也没算回事，粗略扫一眼证件，OK。

这样，我们的阿索斯之旅终于落幕。到了乌拉诺波里，我们首先做的第一件事，是进酒吧式餐馆猛喝一通冰镇啤酒，痛快得差点儿人事不省。接着就放开肚皮享受今世佳肴。点了鲜鱼汤、炸薯条、musacà[①]、沙丁鱼、炸乌贼和色拉。又从车里拿来收放机，听着"沙滩男孩"慢慢进食。现实世界。谁都不会再吃什么发霉长毛的面包。

---

① 用茄子和羊肉做的希腊菜。

不料几天过后，竟奇异地怀念起阿索斯来。说实话，即使是写这篇稿子的现在也不由得怀念那个地方。在那里生活的人、在那里见到的风景、在那里吃的东西极为真切地在眼前浮现出来。在那里，人们虽然贫穷，但活得安静而有高密度的信念。那里吃的食物虽然简单，但味道充满活生生的实感。就连猫也有滋有味地吃着发霉长毛的面包。

我一开始就写过，我这人几乎没有什么宗教热情，属于不轻易为事物所感动或者不如说是怀疑型的人。尽管如此，在阿索斯路上碰见的那个野猴般的脏兮兮的僧人叫我洗心革面皈依正教再来这里时的情景也居然记得一清二楚。当然我不可能皈依正教，然而他的话具有神奇的说服力。较之信仰宗教，我想那更是对于人生方式的信念问题。说到信念，我觉得找遍全世界恐怕也找不到像阿索斯这样具有高密度信念的地方。对他们来说，那是充满无可怀疑的信念的现实世界。对于卡胡索卡里贝亚的那只猫来说，发霉长毛的面包也是最具现实性的东西之一。

那么，究竟哪边是现实世界呢？

土耳其篇

土耳其茶、兵和羊——周游土耳其的二十一天

兵

土耳其是兵多的国家。除了实行战时体制的，如此到处是兵的国家我想怕是没有的。不光兵，警察也多。总之穿制服的人多得不得了。基地数目多，在街上转来转去的兵多。

土耳其严禁拍摄兵和警察。所以想拍摄街景的时候，原则上必须首先确认有没有兵和警察，否则就要被警察或兵拉走接受盘问，一把抽出胶卷。即使主观上完全没打算拍摄警察，但若结果上有其形象进入，也要触霉头。浪费时间，心情也糟。在伊斯坦布尔我们也曾有过一次这样的遭遇。他们可是很认真的。

别人的国家，或许又有相应的情由，恐怕不该以旅行者的眼光随便说三道四。只是有一点我很难理解：何必一一拘泥于那种细节呢？第一，我们拍摄的并非执勤中的兵而是正在休假的；第二，我们是问了那水兵可否照相，得到许可后才照的。他们还摆了姿势。不料这当儿警察赶来把松村君拉去警察署（对了，街上便衣警察也所在皆是），不由分说地抽走胶卷。为什么拍摄休假中的士兵涉及军事机密呢？将因此威胁到土耳其怎样的国家利益呢？反正我不大明白。

莫非拍摄了休假中的士兵，就可以根据军装判断出哪国军队在休假不成？可是在这高科技信息战时代，到底又有谁会不胜其烦地把在伊斯坦布尔公园里晒太阳的水兵的军装拍下来，以此为线索推断部队如何调动呢？果真担心这个，那么可谓百分之百奴才主义神经症。我是因为比较喜欢土耳其这个国家才想这样一吐为快，假如真想抹消多数西欧人对土耳其怀有的“Midnight express”（夜半特快）式偏见或阴暗印象，我认为最好尽快消除这种军事神经症。因为，无论出于什么原因，普通旅行者都不会对身穿制服之人过分耀武扬威的国家怀有好感和敬意。

从希腊开车跨过埃夫罗斯河迈进土耳其一步，肌肤就能感觉出空气骤然一变。首先是兵的长相不同，眼睛炯炯发光，脸颊下陷，和尚头。如此形象的兵端着自动步枪或机枪，以毫无表情的脸朝这边逼视。

当然，土希国境是热线国境。希腊人和土耳其冰火不同炉，时不时火拼，双方均有伤亡。小规模纠纷乃家常便饭，因而两国的报纸标题上的爱国字眼触目可见。伊朗逃亡者夜晚渡过埃夫罗斯河逃往希腊一侧，希腊谴责土耳其故意放逃，土耳其则指责希腊无端发难进行军事挑衅。某种程度的紧张也是情有可原的。希腊那边也时不时有部队调动。不过守卫国境的荷枪实弹的希腊士兵并未这么横眉怒眼，还面对照相机微笑着挥手，拍摄坦克也不曾面带怒气。

不料过得桥往土耳其这边跨入一步，情况截然不同。这里的人们反正只讲严肃认真，微笑挥手那样的气氛根本无从谈起。入境手续也严格，尤其像我们这样乘坐设备齐全的大型三菱帕杰罗来的，检查更花时间。有若干检查点，每个点都有士兵端枪警卫，枪口直挺挺对着我们这边，一有什么立即做出开火的架势。

不用说，他们这么做自有其相应的理由，我们也可理解。从地理和历史上看，土耳其是个罕见的一贯孤独的大国。曾经拥有广阔的领土，直到二十世纪初期还对近邻各国实行严厉的军事统治，那期间发生的历史恩怨现在仍在继续。首先同希腊彻底不和。我觉得握手言和恐怕是不可能的。被苏联欺压了很多年，对苏联恨之入骨，因此以反苏立场加入北约，可是欧盟无论如何也未能加入。西欧有很强的不信任土耳其气氛，而且对移民态度也很严厉。同土耳其人之间长达数世纪的血火鏖战仍未从西欧人的记忆中消失。

另外还因塞浦路斯问题在国际上完全孤立。承认北塞浦路斯独立的只有土耳其。同东南部毗邻的伊朗、伊拉克和叙利亚三国之间，虽说同是伊斯兰教国家，但因领土问题、少数民族问题和难民问题纠纷不断，相互绝不亲密。实际上在我们转东部国境的时候也正有库尔德人问题发生，形势一触即发，那一带极度紧张。并且，这个国家是包括大量少数民族而形成的多民族国家，常有分离独立问题提出，恒常性地怀抱内战火种。

总而言之，这个国家无论往哪边看都不可掉以轻心。真正要好的朋友一个也没有，所以总是处于微热状态。因此之故，军人为数很多。况且本来就是尚武之国，很多东西都是通过战斗、通过把对手打翻在地夺过来的。军人作为国家精英拥有强大权力。

这个那个写了很多消极东西。不过坦率说来，对于一个个土耳其士兵我并没有不好印象。我多少感到伤脑筋的是那种僵化体制、奴才主义、官僚主义以及煞有介事的尚武的军国主义。就一个个士兵来说，我们周游土耳其期间，在同他们交往过程中几乎没有什么不快。他们质朴、喜欢亲近人、有旺盛的好奇心——土耳其人终究是土耳其人。从远处看的确显得剽悍和冷酷，但凑到身边交谈起来，就可知道他们都是普普通通的土耳其乡间青年，一看就知是老百姓的子弟，看脸即可看出。这么说或许不好，他们是同钱财和知识没多大关系的青年人，而且总的说来长着极其亚细亚式的面孔。有可能是征兵征来的，或者因没工作而入伍也未可知。但我觉得他们绝非想当英雄那一类型。他们——或许以我的年龄叫我那样认为——看起来完全是个孩子。

我们用车拉过好几次徒步巡逻的士兵。说来难以置信，土耳其服役期间的士兵要徒步巡逻。一般两人一组提着机关枪和地雷在烈日炎天下无精打采地走路。车一来就扬手叫停，让把他们送到目的地。起初见他们挥手我们以为要接受检查，慌忙停车。但他们大多只是请求"能不能送去基地"。态度随和得很。因为同路，让他们搭车一点问题也没有，只是放在车板上的机关枪口对着自己脖子——就算上了保险栓——叫人很不是滋味，握住方向盘的手渗出汗来。

不过，尽管武器装备可怕，但奇异的是他们个人并没给我们以恐怖感。总的说来，在他们身上我们感到的只是有些不忍。他们坐上了我们的车，却总是非常紧张。在他们看来，乘坐日本人开的车是根本无法想像的事。在车上他们十分好奇地四下环视，或捅一捅收放两用机，或就照相机和同伴唧唧喳喳，那紧张与好奇心相持不下而达到极限状态的眼神照在车内镜里，有时甚至让人忍俊不禁。他们的表情同被关在摆满玩具的房间里的孩子没什么两样。假如我会说土耳其语或者他们会说英语，我想可以互相说很多话。遗憾的是我们只能用极简单的土耳其语和英语勉勉强强进行交流。但因了一支烟一块口香糖，他们会很大程度上放松下来。他们终究是亚洲士兵——这样的感觉或许莫名其妙——他们同我迄今看见过的美国和欧洲士兵感觉上完全不同。同美国和欧洲士兵相比，即使语言不通，我也好像更能理解他们的心情。我想这不仅仅因为同是亚洲人这一单纯的缘由，而是因为我能从他们的眼睛中感觉出某种纯粹或扭曲的东西。

从土耳其兵这个词想像到的，是例如《阿拉伯的劳伦斯》中出现的粗野而残忍的土耳其兵。但我认为那是欧洲人心目中的土耳其兵。以作为日本人的我的眼睛看来，看不出他们有多么粗野和残忍。看上去普普通通，不过是随处可见的普通乡下青年。和曾经支撑旧日本军的是同一阶层青年。无知、纯朴、贫穷、吃苦耐劳。想必无论上级往脑袋塞什么都信以为真。那种场合到来的时候，也许会变得粗野和残忍，一如所有国家的所有军队的士兵。但此刻这么抱着北约步枪津津有味吸着万宝路的他们既不粗野又不残忍。还是孩子。

在东部国境，我们一天遇上了十多次检查。每次都有枪口对着。不过胆战心惊的只有一次。那是被戴贝雷帽的特种部队拦住的时候。他们不是普通的士兵，他们是精英，是真正的行家。首先眼神不同，那是能够把对方浑身剥光的眼神。而且长的是欧洲人脸型，不是亚洲方面而是欧洲方面的面孔。冷冷的蓝眼睛。他们彻底核查了我们的护照。彬彬有礼，泰然自若，然而令我们一阵胆寒。紧接下去由亚洲脸型士兵检查的时候，我莫如说为之释然。护照也没好好看一眼，只管好奇地往车里打量。并问一句："喂，没有烟？"我说没有。于是遗憾地咧嘴一笑，做出放行的手势。情况大同小异。

从多乌巴亚泽特开往凡湖途中，要通过离伊朗边境仅一公里的地点，是距伊朗边境最近的地点。这里的警戒异常之严。因为是库尔德人越境、贩毒分子活动（此乃这一带的正业）和难民流入最活跃的地点之一。从这里到哈卡里，士兵被游击队打死——土耳其人绝对不向外国游客透露——并不罕见。检查站比比皆是。糟糕的是我们走错一条路，没走正路（其实也不是什么像样的路），而从更为偏僻的国境一侧遍地岩石的山路通过。没走多远就有一个检查站，手持自动步枪的两个士兵蹿到路面，用枪口对准我们喝令停车，脸色高度紧张。比检查站高出一截的地方堆着沙包，架着机关枪，枪口同样对着我们这边。因为选择了一般人不走的道路，受到怀疑也是没办法的事。亚洲脸士兵面无表情地拿过我们的护照，递给悄然从里面出来的欧洲脸中尉。中尉看样子二十五六岁，一副知识分子模样，显得有点疲劳，头发乱蓬蓬的，睡眼惺忪，好像刚刚过完夜生活回来，无论怎么看都不是剽悍之人。腰间倒是插一把大手枪，但不太相称。中尉“啪啦啪啦”翻护照翻了好一阵子，然后用英语问我们去哪里，我们说去凡湖。他看一会儿我们的脸，然后让手下士兵查看车后座行李。查得不很严，但还是大致查了一遍。脸色都那么难看，紧绷绷的，中尉不知如何处理日本人，再次盯视护照。士兵等待他的指令。士兵共有十人。

我心生一计，问中尉“可以给您照一张相吗”。因我觉得大家都那样紧张，而我这么轻松地来一句说不定反而有效果。若我们紧张起来，对方更紧张。没指望能够拍照。想必对方回答“NO”。因为此前我尝试几次给士兵照相，每次都被拒绝了。

不料这么一说，“夜生活”中尉竟绽出笑容，说道：“啊，照相？可以呀，照吧！”周围“亚洲脸”士兵们听了也都对视一笑。于是场上气氛陡然一变。检查也好身份盘问也好都不翼而飞。我也没以为这招能灵。归根结底，大家都很喜欢照相。驻扎在这么偏僻的地方，上级只有中尉，既然中尉说可以，便再也无需顾忌。形貌剽悍的中士也好乡下人长相的普通兵也好都把自动步枪扔在那里，友好地照了张纪念相。身后红地星月土耳其国旗翩然飘扬，翻过山丘一公里外就是伊朗。当然还有一个人按中尉的命令守着机枪监视路面，不管怎么说，总不能彻底放弃警备。他显得十分遗憾，但无可奈何，毕竟是军队。

纪念相照罢，中尉命令一个士兵拿茶来。上茶的样子和日本上茶时差不多。另一个士兵搬来椅子。看气氛要聊很长时间。土耳其人进行个人交往，必然聊得很长。本来就喜欢亲近别人，好奇心又强，而且时间观念比我们日本人淡薄，一聊就聊得很长。这位"夜生活"中尉也不例外。但在国境警备队被请喝茶是很少有的事，加之好像蛮有意思，于是我们决定在这里坐下来品尝土耳其茶。我、松村君和中尉坐在椅子上喝，士兵们围成一圈定定地看着我们。这里会英语的仅中尉一人，因此对他来说能同我们用英语畅谈似乎是向大家显示权威的好机会。虽说样子像"夜生活"，但还是够了不起的。实际上大家也心悦诚服地看着他。土耳其军队的军官大部分是知识分子，无论长相和气质都同下士和士兵们不一样，总之感觉上“天生不同”。这里的中尉也长着金发，个头也最高。其他人剃着光头，唯独他留着头发。士兵们个个敦敦实实，一副“百姓”模样。彻头彻尾的阶级社会。

这时间里，中尉从宿舍拿出两架照相机。美能达和尼康。我不大晓得（对照相机我几乎一无所知），但据松村君说，是不太差的老型号。不过在土耳其能拿出两架这个档次的照相机，到底是相当可以的精英。况且是在荒凉得一无所见的边境的守备队。

“好厉害啊！”听我们这么说，中尉高兴地咧嘴一笑。有人这么说他分外高兴。一笑，更显得年轻些。由于头发稀薄，以为他有二十五六，其实没准才二十刚过。说不定大学一毕业就被征兵征来这里的。大学毕业生应征，被自动任命为军官。

“我嘛，喜欢照相机。”中尉说。于是话题转到他的照相机和松村君带的照相机上。看来此人颇有情趣。他说自己是伊斯坦布尔人。大概是有钱人家的公子哥吧。被征到天涯海角一般荒凉的山里边同土里土气的士兵终日相守，想必他感到忍无可忍。心情完全可以理解。的确，方圆几十公里，除了养羊的村庄一无所有。况且常有游击队出没，又不能跑去别处散散心。肯定怀念伊斯坦布尔的霓虹灯。

又过了一会儿，一个皮肤微黑的乡下脸士兵走来，笑眯眯地用日语说出“一、二、三、四”。一问，原来他在练空手道。“练了四年松涛流①。”他说。松村君是空手道的有段之人，遂说：“那么，请造个型看看！”于是微黑士兵大致造个型出来。我问如何（我对空手道几乎无知），松村君说：“太差了。练四年还这个样子，根本无可救药，基本功都不行。”实在看不下去了，松村君便指导他造型。毕竟是由空手道老家的日本人指导造型，可以说简直等于由密西西比出身的黑人指导布鲁斯吉他的弹法，由阿伦·拉德指导手枪的快射。他激动得浑身颤抖。这种边境的守备队，再等十年怕也不会另有日本人来。“腰再下沉一些”、“双腿合拢，别让人踢去中间”——如此用日语和英语适当提醒着练习时间

① 日本空手道的一个流派，近年来流行海外，全称“松涛馆流”。

里，不觉三十分钟过去。我刚要欠身，中尉说再饮一杯茶如何。看样子他还想说一会儿。松涛流士兵也想继续练空手道。但如此下去是没完的，决定就此起身。一来想趁天黑前赶到凡湖，二来他们可能叫我们住在这里。

临走时，大家站成一排热情挥手相送，我们也友好地挥手告别。

那位中尉大概现在还在那荒野正中央百无聊赖地执行国境守备任务，那位乡下脸士兵还在每天叫着“一、二、三、四”练习空手道。

※

另一张照片后来是在地中海伊兹密尔军港拍摄的。潜水艇停在那里，松村君试着对准相机，警备士兵热情挥手。照完一张还叫照一张。潜水艇看上去性能好像不怎么样。

面包和茶

老实说，土耳其饭食吃不来。问题首先是以肉食为主，而且几乎全是羊肉。我平时不怎么吃肉，羊肉更是一口不吃。其次，油腻东西也接受不了。蔬菜种类倒是丰富，但餐馆里端上的土耳其菜大多烹调过度，味重。因此，烹调味往往压过蔬菜本身的味，进餐厅光一闻味就食欲全无。土耳其的餐馆同朝鲜餐馆一样，跨进一步，一股特殊味道就扑鼻而来。喜欢这个的人或许不在乎，而受不了的人就相当麻烦。

当然我不是诽谤土耳其菜的档次。土耳其人坚持说土耳其菜乃世间无与伦比的美味佳肴，读任何一种旅游指南，上面都以相当多的篇幅介绍土耳其菜种类如何丰富、做工如何考究。往日拿破仑三世和皇后一起访问土耳其时，奥斯曼帝国皇帝设晚宴招待，皇后吃了为之感动，命令随行的御膳长官"去土耳其御膳长官那里问一下这食谱"（这里边有个噱头，但怎样的噱头彻底忘了）。总而言之是我不行，我也觉得抱歉。我不是就土耳其菜说三道四，只不过味道同我合不来罢了。试着往餐馆里进了几次，但都落荒而逃。不但我，松村君也不成。那种味无论如何也习惯不了。两个人原本都津津有味地吃过世间口碑不怎么好的希腊风味菜，说奇怪也是奇怪。

不过一开始是从伊斯坦布尔转去黑海沿岸，因此得以吃鱼活命。天天吃加盐的烤鱼和西红柿色拉。鱼的种类和日本差不多，从青花鱼到鲣鱼，应有尽有。进餐馆请厨师烤了，或在鱼铺买来自己用液化气炉烤来吃。在黑海沿岸一个叫特拉布宗的城市进的那家烤鱼专门店非常别致有趣，相当于日本所说的"大众食堂"，那里的老伯们围着胶合板餐桌拿起鱼一起大吃大嚼，还有一股烤鱼特有的扑鼻的香气。点了之后即剖开鱼腹烤制。剖鱼烧烤专门店，别的什么也没有。看起来好吃，进去一吃果然好吃，或者莫如说味道清淡爽口，没加过多的调味料。鱼同西红柿色拉、面包一起吃。我们点了最贵的味似鲣鱼的一种鱼。每人面前重重放了足有三十厘米长的圆滚滚的一条，根本吃不完，剩了一半多。加上饮料两个人才八百日元左右，而这在土耳其已是相当高的价格。欧洲就不用说了，即使黑海沿岸城市，鱼也比肉要贵一点。细看之下，原来周围普通老伯们（当然这种地方的顾客全是男人，餐馆人员也是男人）吃的全是一百五十日元的类似剖开的竹荚鱼那种鱼。那个看上去也蛮够味。

如此这般，在黑海转的时候还能吃到鱼。不料沿黑海走到苏联边境，再从那里南下内陆，情形就悲观起来。除了羊别无他物。触目皆是羊、羊、羊。走路也时常碰上羊。往肉店一看，整只剥了皮的羊挂在那里。进餐馆只有羊。满城膻味，甚至叫人觉得是用羊代替纸币。便是如此以羊为中心的文化。

“糟糕，这可如何是好，我受不了羊。一吃肚子就莫名其妙。”松村君说。我肚子虽没有莫名其妙，但一闻膻味胃就缩成一团，食欲半点也上不来。伤透脑筋。往下要在土耳其转几个星期，这样子很难保命。日本食品在车上堆了一些，活活饿死倒不至于。可这毕竟有限。没料到土耳其饭菜这般跟身体过不去。原来想得比较乐观，以为就算多少不合口味，但总可以克服过去。

那么，自己做来吃如何呢？事情又没那么简单。食品商店里摆的全是无懈可击地调理成土耳其风味的罐头食品，品种也有限，所谓欧洲食品见不到几样。例如想买极为普通的咸牛肉罐头，货架上硬是没有。这个也始料未及。

归根结底，土耳其旅行当中维持我们饮食生活的，是面包、蔬菜、奶酪和茶。土耳其最可我心意的是面包。然后是茶哈内（卖茶的咖啡馆）。土耳其的面包好吃得没得说（哪种旅游指南上都对此只字未提，匪夷所思）。土耳其面包有两种，一种是膨胀得很大的普通型，另一种白白生生、扁扁平平，味道好得不相上下。在我此前吃过的许多国家的面包中，以平均水平来说，土耳其面包应该是最好吃的，尤其到了乡下，更是好吃得不得了。

到吃午饭的时候，我们把车停在眼睛看得到的面包店门前，买来刚出炉的热乎乎的面包（在炉灶前等待烤好再美妙不过），坐在那里撕开放进嘴里。有黄油自然锦上添花，没有也没问题。倘附近有蔬菜店，就买来新鲜西红柿和奶酪一起吃下去，这也是至高无上的美食。有时拿面包走进茶哈内，要杯茶边喝边吃面包。按理不能这么做的，但毕竟是外国人，没人抱怨。茶也便宜得一塌糊涂，便宜得难以置信。比如在哈卡里附近一个叫巴什卡列的仿佛大地尽头的荒凉冷漠的小镇(感觉同《谢恩》[1]里面出现的边境小镇差不多）买了个热乎乎的大面包，走进旁边的茶哈内各自喝了两杯茶——面包和茶分别多少钱忘了，但两者加起来才二十八日元。记得夏目漱石小说有句台词说"那不是价钱"，而这个分明"不是价钱"。这个价钱即使在低价王国土耳其也是绝对的低价。

在土耳其旅行期间，一天要进好几回茶哈内。一来适合小憩，二来在土耳其待起来自然而然想喝茶。身体需求茶，也可能是气候关系。无论去哪个国家，稍微待长一点时间，嗜好都会发生这样的变化。不过较之在意大利旅行时想喝蒸汽咖啡，较之在希腊旅行时想喝希腊咖啡，我们远为强烈地被土耳其茶所吸引。反正一有机会就先来一杯土耳其茶，很快染上了这种土耳其习惯。每到一座城镇首先喝茶，早上起

---

① 美国著名西部片，1953 年拍摄，中文译名为《原野奇侠》。

来喝，散步途中喝，开车换班时喝，饭后喝。

茶的价钱各地有所不同，平均起来大约一杯十日元。只要喝一杯茶，坐多长时间都没关系，自由自在，和日本的酒吧茶馆不同。

茶哈内是个奇妙的场所。全土耳其的茶哈内一般都把建国之父、民族英雄凯末尔①的肖像挂上墙壁最佳位置。不过人们在茶哈内一般不会做有利于国家的光彩事情。他们的行为只有两种，即聊天或赌博。靠什么为生不清楚，反正老大不小之人从一大清早就一个接一个聚拢在茶哈内，打牌、打土耳其式麻将，或天南地北闲聊。当然清一色是男人。顾客和店员统统是男人。倘女人进入这里，说不定成为一个问题，我想。

我们虽是异邦人，但无论进哪一家茶哈内——哪怕地处穷乡僻野——都没有不受欢迎。在希腊乡下走进咖啡馆，聚在那里的当地老伯们时不时以极其冷漠的眼神逼视我们（特别是在希腊旅游胜地，倾向于把游客用的咖啡馆和当地老百

① 土耳其共和国的缔造者，第一任总统（1880 或 1881—1938）。

姓用的咖啡馆分开。进错了，气氛就很尴尬。而在土耳其从未有此遭遇。相反，在乡下，店主人由于感到稀罕，第二杯甚至分文不取。邻桌的顾客有时也招待我们。土耳其人总的说来热情好客。只是，在后一种情况下往往聊起来话长，好意姑且作为好意接受，尽量敬而远之则是明智的）。

松村君出去拍摄时间里，我常在茶哈内观看土耳其式麻将。这东西介于中国式麻将和桥牌之间。数字使用算术数字，1、2、3、4……直至13。牌为多米诺骨牌大小，分红、蓝、黄、绿四种，码在两层木制牌架上，置于手边。然后从牌堆里拿出一个出牌。别人也可以叫牌。同麻将一样。但丢掉的牌接二连三码得很快，搞不清此前丢了什么。细微之处的名堂还没最后弄清，反正一个人牌凑齐了就一局终了。"嘿嘿嘿，对不起啊"、"浑小子，还真有两下子，本来我也不错"——这种气氛和日本的麻将馆一个样。其中也有气呼呼扔牌的缺乏教养的人。没有得分棒，由记录员记入得分表。这个也和桥牌相同。钱恐怕多少要花一点的。一边换茶一边没完没了玩下去，看的人也看不够，除了我后面还有百看不厌的人。这个世上，大凡人做的事哪里都大同小异。

正看得出神，旁边一个老伯问我："日本也有同样玩法吗？"我回答："有的。"于是皆大欢喜。看情形有可能叫我也上场，于是赶紧付了茶钱离开。不管怎么说，总不能来土耳其玩麻将。

总之这就是茶哈内。

茶倒进小玻璃杯里端来。杯下有杯托，茶匙也有。一开始杯烫得没法用手拿。要等凉一凉才喝。起初我以为热红茶放在玻璃杯里未免不够合理，但看惯了以后，觉得杯里的热红茶颜色实在漂亮。杯底沉淀着一点茶叶。我喜欢不放糖喝。味道清冽而芳香。

没见过冰红茶。土耳其即使热得冒汗的时候，这滚烫滚烫的茶也照样好喝得不可思议。不怎么想喝凉东西。走到树荫下"呼"地出一口气，然后喝温茶。

土耳其茶本来是普普通通的红茶。然而奇怪的是，土耳其茶就是土耳其茶，而不是红茶。原因不晓得。土耳其茶是土耳其茶味，红茶是红茶味。

土 耳 其

我第一次踏上土耳其大地是在七年前的夏天。当时我去的是库沙达瑟。那是面临爱琴海的港城。从那里乘大巴去看有名的以弗所[①]遗址。那天热得要死。大巴上没有空调，我们一个劲儿出汗。男导游向我们解释说："我国现在石油短缺，所以汽车禁止使用空调。希望各位理解这方面的情况，忍耐一下。"那是石油危机的余波仍未平息的年代。可是就算能够理解，热反正是热的。热得脑袋发昏。看完遗址在海边游一会。没有就势在土耳其住下，而返回了希腊。

但自那以后，我就对土耳其这个国家怀有强烈的兴趣。原因我也不大清楚。吸引我的，我想大概是类似那里的空气的质那样的东西。我觉得那里的空气含有不同于其他任何地方的某种特殊的质。肤感也好气味也好色调也好，大凡一切都有别于迄今我所呼吸过的任何空气。那是不可思议的空气。那时我想，旅行这东西在本质上无非就是吸入空气。记忆会消失，明信片会褪色，但空气会留下来，至少某种空气会剩留下来。

后来很长时间里我一直记着那空气，记得在那空气中发生的几件日常性及非日常性（那是一枚硬币的正反两面）的事情。其后我去了很多国家，呼吸了很多空气。然而惟独土耳其空气的神奇性不同于任何地方的空气的质。至于何以土耳其的空气那般吸引我的心，我无法说明，因为那不是能够说明的。它类似某种预感。预感只能在其变得具体的时候才能说明。人生途中会出现若干次那样的预感，次数不多，若干次而已。

因此不用说，我一直想重访那里，想在下次慢慢花时间周游土耳其。

可是总找不到去土耳其的机会。不是完全没有机会去。

---

① 小亚细亚西海岸的古城。公元前六世纪建造的阿耳忒弥斯神殿为世界七大奇迹之一。

那期间我去了好几次希腊，在意大利也生活了，所以若想去土耳其并非不能去。一伸腿就到土耳其的那样的地方也去了几次。但作为我总是觉得既然去就该好好花时间——而不是中途顺便——把土耳其这个国家每个角落都转上一遍。可是为此必须做相应的准备。首先需要顽强的车和顽强的同伴，既然是艰苦的旅行，那么就不能带老婆去。另外我必须为旅行取得驾驶执照。初级土耳其话也学了，有关土耳其的书也看了不少。

这次和我同行的是摄影师松村映三君。出发日期定在他婚礼后一星期。我一提起，他痛快地答应下来。我们用三个星期以时针顺序开车绕土耳其外圈转了一圈。其实也想去内陆看看，但由于日程关系顾不过来。必须认识到，土耳其幅员辽阔，一切都看个明白是不可能的。

在土耳其旅行最先感觉到的，就是这个国家的辽阔和多样性。我们说“土耳其”、“土耳其人”时，一般是将其作为单一国家、单一民族看待的，而实际转上一转，就会为其各地差异之大而吃惊。在地势上土耳其明显分为几副面孔，而且无论风景还是气候抑或人们的生活甚至人种各地都截然不同。这只是我个人主观划分，也许不准确，但在我眼里，土耳其似乎可以清楚分为五个部分。

按顺序来吧。

从欧洲开车进入，首先是欧洲一侧的土耳其，即色雷斯地区。这是第一个土耳其，地形上同希腊北部几乎没有不同，风景上或许接近东欧。一望无际的枯萎的向日葵田上空燕子飞来飞去。单纯无聊这点也像东欧，不过土地肥沃。田野无边无际铺展开去。值得看的东西几乎没有。不仅单调缺少变化，而且路直得难以置信，司机没办法睡觉，一大辛苦。

其次是伊斯坦布尔。这里最好视为例外，不列入土耳其五副面孔之中。一如世界上多数大城市，这里乃是特殊场所。随着伊斯坦布尔的临近，沿路风景由单调向丑陋转变——在伊斯坦布尔上班的新中产阶级那令人不寒而栗的群体住宅和商品住宅栉比鳞次、密密匝匝。哪个国家这样的景观都令人厌倦，而这里的尤其如此。无论看哪一家哪一栋，都那么新、那么廉价、那么浅薄、那么整齐划一。白墙、红顶，千篇一律。每个板块都竖有一块房地产商不三不四的招牌，有的还画有十分中产情调的生活场景，光看都觉心冷。不久，车驶入城内。这里和郊区相反：脏、旧、猥琐、杂乱无章、人声鼎沸、空气浑浊、花花绿绿，人多得一塌糊涂，车流险象丛生。信号灯固然有，却几乎麻木不动。车尾废气直冲鼻孔，走一会心情就变糟。宾馆价格昂贵，餐馆的计费单经常多收。人们一窝蜂争卖地毯，名牌专卖店里全然没有可圈可点之物。但夜景漂亮。

离开伊斯坦布尔后跨过博斯普鲁斯海峡大桥，进入亚洲一侧的土耳其。亚洲高速公路两旁大煞风景的工业地带持续了好一阵子。若想更加大煞风景，那么最好沿这壮观的高速公路径直开往安卡拉。不过往左一拐，我们就到了黑海。黑海沿岸乃第二个土耳其。这里的确美妙，幽静、游客少，风景也漂亮。只是，同爱琴海岸地带相比，道路和宾馆质量差得不可同日而语。雨多，空气湿润。

再按时针顺序前行，便来到同苏联、伊朗、伊拉克接壤的边境，这里是第三个土耳其。从草木葱茏的黑海沿岸进山，翻过山脊，这里是东部安纳托利亚高原，即无比干燥的中亚式土耳其。许许多多的民族为争夺霸权踏过这片土地，往东或往西。蕴藏紧张的大地。环境和气候也相当严酷。尘土飞扬，目力所及只有羊。道路和宾馆质量更是提不起来。

南下从叙利亚边境地带到地中海的安纳托利亚中部，这是第四个土耳其、阿拉伯色彩浓厚的土耳其。宾馆和道路情况多少有所好转。夏季的热浪虽然叫人吃不消，但女性服装眼看着变得鲜亮艳丽起来。

而西面地中海和爱琴海沿岸的土耳其则是第五个土耳其。到了这里，风景骤然明媚迷人。人们从内陆灰尘迷蒙的空气中解放出来，表情也好像一片明媚。美丽的海岸舒展开去，高级度假区也有几处。有新颖别致的游艇港，土特产商店一家挨一家。土耳其政府真正下工夫要把这里建设成旅游胜地。外国游客和土耳其中产阶级以至上流社会人士在这里优雅地度假。不用说，这样的地方物价高。

那么，土耳其这几个地区中哪个最有意思呢？当然是顶糟糕的安纳托利亚东部。在那里逗留期间，我们每天从早到晚气恼、疲劳、骂人、冒冷汗。所到之处全都脏兮兮目不忍视，道路几乎全部处于成为道路之前的状态。人们的生活一看就知穷困潦倒，街头到处是警察、兵和牛羊。不过希望不要误解。我虽然写得这么差，但决非出于恶意。我也以我的方式享受在此旅游的乐趣来着。说享受也许过分，但至少不枯燥。从有意思没意思这个角度看，显然有意思，有意思得很。这里有独特的空气，有生存实感。人们有存在感，眼睛生龙活虎、闪闪发光。在欧洲和日本很难碰见那般鲜活生猛的目光。那眼睛里没有啰啰嗦嗦的保留事项，没有“不过”和“但是”，有的只是诚实和坦荡。那里大多数事物都无可预料，条理在很多时候被吸入虚无之中。简单说来，就是没有章法。但旅行的妙味也就在那里。

非我说谎，的确有意思。不过如果问我是不是想再去一次，时下我的回答是“NO”。若有明确目的另当别论，否则我觉得那地方一次足矣。

爱琴海岸是个美丽的地方。让人心情放松。阳光柔和，海水清澄。不过若仅仅在美丽的海边游泳——即便把这里的物价比希腊便宜不少这一好处考虑在内——那么是不必特意去土耳其的，或者至少没有理由非来土耳其不可。在安纳托利亚高原转了一圈之后，我们对这个地方也感觉不出足够的魅力了。那里确有动人的风景和西欧式的便利，可是仅此而已。我曾在库沙达瑟呼吸过的空气那里也不存在。

或者我们在安纳托利亚高原的体验过于强烈也有可能。我们面对蔚蓝的地中海，不由放心地叹了口气。然而与此同时，我觉得有什么已彻底失去。目中所见、手中所触的一切东西已不再有力而鲜活地传达土耳其之所以成其为土耳其的那种意味。况且在爱琴海，无论往哪里看，看到的都只是德国游客。

如果我重游土耳其并且只能去一个地方的话，我想我可能选择黑海沿岸。倒不是说那里有什么特殊，也不是说看见了什么新奇东西。同安纳托利亚高原相比，可以说那里几乎什么也没发生。但不管怎样，这次旅行当中毕竟得以在那里度过了最为悠然自得的时光。那是个平和安静的地方、什么也没有的地方。

下面写一下黑海。

黑　海

Karadeniz——如字面所示，土耳其语意思即“黑色的海”。同爱琴海被称为“白色的海”相反，黑海反正就是“黑色的海”。

至于为什么称之为黑色的海，实际到那里一看就明白了——在所有意义上都是黑色的海。那里没有光灿灿倾泻在地中海那样的阳光。我们去时虽然九月刚刚过半，但已满目秋光。那种光美丽动人、晶莹澄澈，却又怡静温和，无需戴太阳镜。

不仅光，海本身也温和怡静。无波无浪，较之海，看上去更像巨大的湖。海岸没有堪称沙滩的沙滩，有的只是铺满黑色小石砾的海岸线。海岸没有水声，海水蹑手蹑脚地赶来。每当渔船通过远处，海面便像突然想起似的轻轻摇颤一下，很快归于静止，纹丝不动。水是透明的，不存在爱琴海那种炫目耀眼的艳蓝，仅仅透明而已。黑石砾海滩仿佛被那透明拽进透明的底部沉潜其中，不知不觉消失于映在水面的光照中。

在我们转过的地方之中，这里是面部表情最为柔和的土耳其。没有安纳托利亚东部的激昂，没有地中海和爱琴海沿岸的西欧式喧闹，没有色雷斯的单调。秋光静静降临那里，人们在田里三三两两采烟叶。他们和她们——其实女性更多——被卡车拉来田里，晚上白月浮上天空的时候再乘卡车返回村子。我们挥手，她们也挥手。她们都身穿类似日本农村妇女干活时穿的裙裤那样的五颜六色细花长裤，头上包着头巾。

翻阅任何一种导游指南，黑海地区都必然放在末尾，记述也最少。历史遗迹也少于其他地区，有也不显眼。夏天短，一年四季两天就一场雨，作为海滨度假区来开发也不适合。山咄咄逼人地伸向海面，地形多为崇山峻岭，道路也跟不上。景致诚然无可挑剔，但行路颇需魄力，因此交通工具也不发达。除了特拉布宗，没发现有魅力的城市，所以特意来此观光的游客为数不多。但是惟其如此，人们才表现得悠然自得，人情味也浓。以日本来说，大概类似山阳一带。

我们从伊斯坦布尔往东，在萨潘加湖前面的萨卡尔亚离开高速公路，进入黑海沿岸一个叫卡拉苏的小镇。这一带路旁的城镇都一个个小巧玲珑，或者莫如说一刮风就能刮跑的乡间小镇。我有事要往日本打电话，每有城镇就停车在 PTT（电话局）打国际长途，但一次也没打通。我一说"请接国际电话"，马上应道"NO"。到这种地方，不去很大的城镇日本电话是接不通的。

下一站是去阿马斯拉。沿岸道路相当糟糕。熟悉土耳其情况的人曾告诉我黑海沿岸的道路极差，已经做了相应的精神准备，但情形还是出乎意料。接连都是山路且柏油路面不时中断，这且不说，道路本身还整个消失不见。地图上明明有线路记载，而实际上道路却时不时中止其作为道路的存在，这很令人吃惊，而狼狈又大于吃惊。下车，查看车辙，估计是路面，然后再从人家后院和工厂用地上穿过。如此行驶一阵子，见路面又一下子冒了出来，于是舒了口气，这回好了！可是这样的反复相当占用时间——一百二十公里竟花了两个半小时。

从伊斯坦布尔来到这种地方，不由切切实实感到原来这才是土耳其。倒不是落后不便的地方才像土耳其，只是置身此地之后终于对最初踏上土耳其时所感到的那种独特空气有了切肤之感。伊斯坦布尔当然也并非没有如此情形，但那里毕竟人太挤、车太多、车尾废气呛人、噪音不绝于耳。我在伊斯坦布尔停了三天，转了好多好多地方，但我甚至没有停下脚步感觉空气的时间。

可是我刚刚踏上黑海地区，我觉得这里已是另一天地。首先人的长相变了，眼睛充满生机。我们每次通过村镇，孩子们全都出来挥手。这一带的孩子统统剃着光头，很有些像战争刚结束时日本的情景。大概观看过路车也是一种娱乐。我们也报以挥手。但后来累了，只是稍微抬一手，毕竟挥起来没完。而到了第二天，就仅仅微笑一下，手都几乎抬不起来了。不光孩子，大人们固然不挥手，但也都坐在路边餐桌旁似看非看地悠悠然打量过路的汽车。停车问路，全都“哗”一下子围过来，争先恐后地指点。实在是个悠闲地方。

这一带种烟草的农户和牛集中，很少见到绵羊和山羊，这在土耳其是很稀罕的。路旁放牧的牛一口口闷头吃草。过路的车不多。拖拉机和驮运烟叶的驴们慢慢悠悠在路上移动。由于烟叶驮得过多，驴都几乎看不见了。不单驴，老大娘和年轻姑娘们也扛着好大一摞烟草。

到巴尔滕时天彻底黑了。不晓得去阿马斯拉的路，在加油站向两个年轻人打听。对方说“跟我来”，用小型卡车把我们带到半路：“从这往前一直走。拜拜！”这才折身回去。不管怎么说土耳其人待人亲切。从欧洲进入土耳其，一开始肯定对人们的反应感到不知所措。因为欧洲人和土耳其人关于“亲切”观念的定义完全不同。在欧洲问路，人们当然也亲切相告；但土耳其人的亲切不那么适可而止，他们指路务必指到最后的最后，让你彻底明白。问开车的人，用车领路；问走路的人，当即跳上车来，把你引到那里。而且到达目的地——往往很有距离——后说一声“就这里”就转身快步走开。以日本人或西方人的感觉来说，这也完全超出“亲切”领域。老实说，这种亲切让我们多少为难的时候也并非没有。帮了大忙一点不错，但有时候并不符合我们的做法和习惯。但这种说法我想是不大合适的。因为这在土耳其乡间属于常识范围内的亲切，他们做的只是理所当然的事情。无偿服务。不过一问路对方就一声不响地突然蹿上车来，一开始还真吓一跳。

在阿马斯拉，我们住在一家饭店上面的家庭旅馆，住宿费一人三百五十日元。这里没有宾馆，加油站也没有。短暂的旅游旺季早已过去，除了我们几乎没有客人投宿，八人房间只睡我们两个。如大走廊一样细细长长的房间里摆着八张床，随便睡哪一张。蛮奇特的房间。从窗口看得见海，但那是秋日萧瑟的海景。太阳一落，空气急速变冷。仅仅一星期前我们还在爱琴海擦汗、还晒得黑黑地游泳来着。应该出热水的公用淋浴室只出冷水，但由于累了，懒得抱怨，默默地用冷水擦洗了一下。下面的餐厅里也空无人影，我们各要一盘烤鱼，喝了一瓶白葡萄酒，吃了色拉。鱼非常新鲜。问有没有有名的黑海葡萄酒，少年服务生说夏天过去就没有了。饭钱为一千四百日元。饭后上街看了看，街上利利索索的什么也没有。最大的店是液化气店，店门口堆着大大小小各种液化气瓶。一个不适合有商店橱窗的镇。

早上起来 见镇上的老伯们正一个劲儿打量我们那辆停着的三菱帕杰罗，问是不是我们的车。我答说是的。随即让我们打开车头盖看看。打开以后，大家像要吞进去似的定定地注视着引擎和电路系统，并且这个那个热心评说了一番。这些人一旦买车，势必自己修理着彻底用到最后（像使驴那样使到死，死后还可能剥皮），因此对机械结构极有兴趣。

从阿马斯拉到锡诺普的路也相当险恶。山伸向海面，海岸线几乎全是悬崖。一路上分明全是荒僻地区。小镇和渔村像挤在山与山的夹缝里似的勉强探出脸来。黑海西部沿岸没有多少像样的产业，三分之一人口跑去德国打工。我也去过柏林的土耳其人街，那里简直就是土耳其本土。他们在德国工厂做工，把宝贵的外汇带回土耳其，所以留在村里干农活的差不多全是老人、年轻姑娘或小孩。应该是穷地方吧。但奇异的是没有阴暗，相反，气氛竟那么悠然自得，甚至让人觉出充裕。沉静舒展的黑海风景和人们的生活景况似乎很好地融为一体。

锡诺普。

锡诺普本身不特别有趣，虽然以哲学家第欧根尼[①]的出

---

① 三世纪前半叶希腊哲学家。犬儒学派的代表人物。住在木桶里过着禁欲生活。

生地而闻名，但与传说不同，实际上第欧根尼并未在洗澡桶里生活，也没见过亚历山大大帝。锡诺普是位于土耳其最北端的城市。几乎没有东西可看，惟有凄清的港口和残存的城墙。风凉飕飕的。这里的宾馆也几乎见不到客人。半夜宾馆突然停电了，下到大厅一看，服务台里一个人像斯克尔吉[1]老头儿那样正借着烛光数一天的营业额。此处没发现多少令人感到温馨的元素。

巴夫拉。

在此小憩吃午饭。向银行保安员老伯打听附近有没有美味餐馆，老伯照例说一声“跟我来”就走了起来。我们只好尾随。大约走了十分钟，老伯在一家餐馆前停下：“就这里。”我说谢谢，他说不必不必，转身归去。其亲切只能让人感谢，问题是这时间里银行里来了小偷可如何是好呢？不过这家餐馆只有薄薄的羊肉饼，吃不来羊肉的我们很有点为难。饼本身刚刚烤好，热气腾腾，但羊肉没有熟透，香辣调料也过于刺激。不过在当地人中间似乎很有人气，全都来问

---

① 英国作家狄更斯小说《圣诞欢歌》中的人物，一个一生只知攒钱的商人。

“好吃吗？”“香吧？”以致我们到底不好剩下，以吃得有滋有味的神情全部吞进肚去，要啤酒，照例没有啤酒，喝了没有凉透的可乐。

巴夫拉旁边有条河流过，前面长长的岬角一直伸向大海。沿河边没走多远，路不见了。后来找出车辙，循辙行进。越过一道浅溪之后，给人以神奇之感的田园风光在眼前舒展开来。道路是坑坑洼洼的泥路。点点处处散在着农舍，其余全是桌面一样平展的土地。土地一看就知很肥沃，草木绿得艳丽。路面有羊群、牛和鸭大摇大摆地穿过。也有水洼样的湿地。长达二十五公里的路程遇到的只有一个领着狗的羊倌。

路尽头铺展着以黑海来说漂亮得出奇的沙滩。沙滩前面横陈着鸦雀无声的黑海。再往前一无所见。径直过去就是苏联。另外，这里有一座好看的灯塔。风很大，滩头草丛轻声摇曳。灯塔附近堆着当柴用的黑木材，看样子准备过冬了。也有狗吠声传来。尽管从爱琴海到这里开车仅半日路程，却好像来到完全不同的另一世界。

萨姆松。

人口二十五万，地处交通要塞，是黑海边最大的城市。机场也有。但不妨说是了无情趣的城市。只是大、嘈杂而已。像那么回事的宾馆也有几家。在此住了一晚，仅仅投宿罢了。傍晚到达，清早出发。

特拉布宗。

这倒是座极有情趣的城市，仍留有拜占庭时期的面影。君士坦丁堡陷落、东罗马帝国灭亡后，唯独这座城市作为由基督教徒统治的特拉布宗帝国存留了一段时间。古城仍在，不过这里留在我记忆中的全是与历史没多大关系的事。

半夜两个警察碰见一个酩酊大醉的青年，当即把他打翻在地，原因无从得知。

早晨五点，清真寺尖塔（minaret）播放的祈祷声把我们从床上拖起。没想到清早会用扩音器做什么祈祷，一开始费了好大劲才明白过来。扩音器音量同日本右翼宣传车不相上下，在尖塔顶端安了四个，面向四方。所以，如果想好好睡个早觉，最好别住在清真寺附近。

早饭后正在街上散步，一个擦鞋少年走来问我能否擦我的白色旅游鞋。白色旅游鞋到底如何擦法倒让我有些兴致，问题是弄糟了很麻烦（十有八九），遂拒绝。

土耳其这个国家的某些部分，好也罢坏也罢都凌驾于我的想像力之上。

还有一点，特拉布宗鞋店极多。

霍　帕

在特拉布宗前面的海岸认识了一户伊朗人家。两对夫妇开两辆车外出旅游，有小孩，小女孩很恋人，又漂亮。车都很有年头了，车身坑坑洼洼。车牌上写着德黑兰。居然能从德黑兰开到这里，令人佩服。秃得比较厉害的那个男子手指车身的凹坑，解释说是在伊斯坦布尔造成的。“你也最好当心，土耳其人开车最不守规矩。我在伊斯坦布尔被人撞了车，去警察那里报案。不料车停在警署门前，又给人撞了另一侧。喏，就这边，够意思吧？要好好当心才是。第一次来土耳其？我搞贸易，一年有一半时间待在土耳其。工作嘛。现在休假，大家这么转一转。爱琴海？不去那边。物价高，挤。黑海可以。东西便宜，安静，悠闲。往下去哪儿？凡湖？那么来伊朗好了，好地方！战争？不要紧，结束了，和平了。

没护照也容易进（这是说谎）。地方好着呢！”

我们一起照了张纪念相。

第二天在特拉布宗街上散步，又同他们不期而遇。

“你们住哪家宾馆？住宿费多少？嗬，够贵的。我们租公寓套间……要里拉[①]（的确是我们的一半）。不过嘛，我们同老板有私人关系，也有这个原因（这就没有办法了）。反正祝你们一路顺风（谢谢）。”

由特拉布宗去苏联边境的路比这以前的好了不少，估计是为了使部队迅速推进到苏联边境，实际也见到好几次吉普和运兵车在这条路上往来。沿路不时有适于海水浴的海岸，停下车在那样的地方游了几次泳。若有自来水，就在那里煮冷面吃。在黑海沿岸吃冷面也极有情调。我想，冷面这东西总好像是奇妙的食物。无论在哪里吃——我是说在日本以外的地方——都会产生一种远走他乡的感慨。黑海几乎水波不兴，极易游泳，觉得就像一个独自租到清晨的游泳池似的。

① 意大利货币名称。

水也漂亮，心旷神怡。水比看时的感觉温暖得多。

特拉布宗和霍帕之间的地区，也有人称之为“土耳其的香格里拉”。从海滨路往山里迈进一步，就已置身于潮乎乎的雾霭之中。云绕青峰，雨林茂密，溪流淙淙，石桥横卧，小村庄的房舍均由木材和砖瓦建成。

这一带曾是因伊阿宋[①]率领希腊人前来寻觅金羊毛而闻名的科尔喀斯王国的土地。伊阿宋在这里被公主美狄亚一眼看中，在她的指点下找到金羊毛，顺利返回希腊。可是在悲剧《美狄亚》中，如大家所知，伊阿宋后来因飞黄腾达而背叛了美狄亚，痴迷于其他女人，放弃王国且被丈夫遗弃的美狄亚在异乡死于非命。

往里居住着亦被称为科尔喀斯王国后裔的拉兹族人。拉兹族人金发碧眼，保持着独特的风俗习惯。据书上记载，拉兹族人“自立欲望强烈，精力充沛，具有洗练的幽默感，即使在土耳其人之中也大放异彩。而且有在异乡揭竿而起的美

① 希腊神话中沃洛斯王埃宋之子，阿耳戈号远征船的指挥者，在赫拉女神的保佑和美狄亚的帮助下觅得金羊毛，得以继承王位。

狄亚遗风，土耳其不动产经营者大部分是拉兹人。此外，他们一手控制着土耳其面包制作业，在餐饮业也很活跃”。

不动产商和面包商这样的搭配极为幽默有趣。诸如举行法事的时候，面包商和不动产商想必汇聚一堂。不过我猜想，既然能制作那么可口的面包，肯定是优秀的种族。

我们没有在拉兹人居住的山中热心探索，但多少离开海岸进入山中后，常常为眼前纵使不算是“香格里拉”也恍若到了阿尔卑斯的风景感到惊异。树木苍翠，清溪道道，房子结构根本不像是土耳其。双坡屋顶，俨然用圆木建成的登山窝棚，如此充分使用木材的住房在土耳其是很少见的。

雨水充足适于农作物栽培，使得这一带成为有名的红茶产地。土耳其开始生产红茶是十九世纪的事，历史绝对不算长，但如今红茶已取代咖啡，成了土耳其国民性的饮料。咖啡价格世界性上涨是这一转换的主要原因。反正土耳其人坐在茶哈内一边闲聊或赌博、一边从早到晚喝得津津有味的茶大半是此地生产的。街上有红茶厂，黑烟从大烟囱里滚滚冒出。红茶厂居然有烟囱，这以前我压根儿不知道。红茶这东西到底是怎么制作的呢？一个谜，红茶厂之谜。

这地方女人头上全都披着既像披肩又像头巾那样一块布。去大些的街头市场，大约从乡下来卖茶的妇女全都缠着这样的头巾坐在地上，从八十岁的老婆婆到少妇模样的女子，形形色色。头巾分纯白和有花纹的两种。花纹有艳丽的大花，有素雅的箭翎形，各式各样。至于其中有什么规定还是任由个人出于爱好挑选，我就不得而知了。缠法也分几种，有只缠脑袋的，有仅仅露出眼睛然后像木乃伊那样一圈圈缠得密密实实的，因人而异。我想这大概来自其世界观的开明或保守。

这些农家妇女分成几伙坐着，感觉上大概是左邻右舍和妯娌什么的。前面摆着筐篓，里面装着葱、西红柿、青豆、青椒、大蒜之类。也有一伙全缠同样花纹的妇女。这地方在市场卖东西的差不多全是女性，所以气氛欢快明朗。顺便说一句，在凡湖去市场时，卖东西的清一色是男人，买东西的也全是男人。傍晚因买晚饭用料而热闹起来的市场里全部是脸色阴沉的老伯们。这个无论谁怎么说都相当令人不是滋味。

但这里情况不同。其中也有蛮够漂亮的年轻太太。这么多女人聚在一起，很容易以为她们会唧唧喳喳说个不停，其实根本没那回事，全都安安静静席地而坐，神情认真地默默卖茶。甚至不像高山[①]早市那样说一句“太太今天萝卜不错啊来一根”。在土耳其，女性在人前大声说话、张大嘴笑或随便袒露肌肤——即如日本妇女平时做的那样——是极不光彩的事。松村君想为一位女子拍照，遇到相当大的抵制。最后她丈夫从哪里出来劝道：“喂，照就照一张嘛，不就是拍照吗！”（土耳其人实在亲切得很）然而硬是不点头。想必这女子具有牢不可破的世界观。

霍帕。

霍帕是黑海最东端的城市，再走三十公里就是苏联边境。前面已没有宾馆，这里有五六家，都大同小异、半斤八两。较之宾馆，说是简易旅店更为接近。我们住的我想算是比较好的，一个人也才三百日元。单人房，毯子倒是有的，只是磨得没了毛，又硬如木板。三张榻榻米大小，天花板上吊一个电灯泡。躺在床上看电灯泡，不由觉得人

① 日本市名，位于岐阜县北部，有小京都之称。

之弱、小人生之有限。霍帕便是这么一个令人心里难过的城市。

从窗口可以看见建在海滨的粗糙的游乐园。以晚空为背景的摩天轮简直像罚没物品一样直挺挺凄冷冷立在那里。也有类似滴溜溜旋转的火箭那样的劳什子。模拟射击场、摊床……廉价游乐园必须具备的东西大体齐全，全都涂着夸张的颜色。对面是灰蒙蒙空茫茫的黑海。大概夏日黄昏时分那里也曾多少有过热闹场景，响过欢快的音乐吧，可现在是黑海早秋的傍晚，看上去只像是专门以让人黯然神伤为目的的庞然大物。

角落里有一座大约住着看管游乐园的一家人的帐篷，里边一闪一闪晃动着仿佛开电视机的蓝光。一股做饭味儿飘来。鸡在帐篷周围漫无目标地神经质地转来转去。我蓦然心想，不巧生在这等地方的鸡们到底会是怎样一种心情呢？尽管想这个也解决不了什么。

宾馆服务台里是神色凄惶的年轻男子。大厅在二楼（一楼是茶哈内），两个中年男子坐在人造革沙发上看汉城奥运会电视转播。拳击。日暮时分正坐在这大厅阳台上往外打量，服务台青年送上茶来。大厅一角有个煤气炉，我们用来再次做了个冷面。见青年人很稀罕地看着，松村君便给了他点尝尝，他吃后做出甚是复杂的表情。也是理所当然，即使日本人不蘸调味料吃起来也不可能好吃。

宾馆似乎没有员工用房，到了夜间，青年人就回自己家住，早晨又返回。这倒无所谓，问题是他回家时从外面给门上了锁。门结实，锁也结实。因此，我们住宿客人从晚间十点到第二天早上八点一步也出不得宾馆。我原想早上六点起来散散步，却未能如愿，只好躺在床上看弗拉纳里·奥康纳①的短篇消磨时间。发生火灾可如何是好呢？

早上在房间里煮咖啡吃面包。往下既没有特别值得一看的东西又无事可做，于是拿起钓鱼竿走去突堤前端。一个风平浪静的星期日早晨，当地人也都坐在突堤上悠然垂钓。看钓线，知道尽管没浪但潮流意外强劲。一开始夸下海口，宣称若钓上大家伙就裹上面油炸来吃，不料一无所获。我们用的是从日本带来的有转轮的钓竿，而用这东西的只我们两

① 美国女作家（1925—1964）。

个。别人都不用竿，直接抛线，但都钓上不少。钓上来的全是顶多够炸着吃的小鱼，偶尔也有针鱼那样的家伙上来。水很清，可以看见鱼群在脚下游动，针鱼的肚皮不时一闪反射出太阳光。

由于什么也钓不上来，周围一位老伯看得不忍，走来我身旁教我正确钓法。见我们把面包和奶酪摆在一起做鱼饵，老伯说那不行，把自己的鱼饵分给我们（说了好几次了，人们实在亲切）。他是用鱼肉作饵，把鱼肉连皮用小刀切成小块扎在钩上。鱼皮极硬，很难咬动。另外还把鱼尾切得细细的作散饵。我谢过老伯又钓了一个小时。结果我的饵光是被鱼们巧妙地吃来咬去，而鱼一条也没钓上来。大家都很同情，但不上钩也是奈何不得的。

与此相比，观看在突堤钓鱼的一伙老伯和在附近游泳的一伙少年吵架更有意思。孩子们一靠近，老伯就大吼不许影响钓鱼，孩子们根本不理睬，只管继续游泳。这地方除了钓鱼和游泳没有其他活计，想必年轻人都想去外地当面包商和不动产商。

结果我们花了两个小时也没钓上来一条鱼。不过星期日早上望着黑海懒洋洋地晒太阳的确心情不坏。过了霍帕，往下一段时间就看不成海了。要过几个星期不清楚，反正下次看海就是看地中海。

凡湖猫

来到土耳其，几乎没了想做什么的念头。说来无聊，只是想开车到处转，看看山川风物和男女模样罢了。勉强说来，如果可能，倒是想见一见凡湖猫，在凡湖游游泳。这是我小小的希望。但也不是非那样不可，只是说如果可能。我的希望向来都基本上是这个程度。

凡湖猫是住在凡湖旁边的特殊猫。乍看是普通猫，实际上特喜欢游泳，只要有水就游。相当变态的家伙。另外右眼和左眼颜色不一样。这种猫仅凡湖附近有，别的地方即使有，一般也很难看到——以前在哪里听人这么讲过。好不容易去凡湖一次，如果可能，很想见一见这种猫。

凡湖海拔一千七百二十米，是世界上高水面湖之一。因为没有河流出，盐分相当浓，书上说浓度达百分之三十。鱼几乎没有，湖水发出相当奇妙的气味。如果可能，想在此游泳。就理想来说，想和凡湖猫在凡湖里游泳。这个理想是太理想化了。各自分别游也可以（从结果来说，我得以在凡湖游了泳。这是气氛极为奇妙的湖，一股过去在化学实验室里嗅到的药味儿，似乎是钠。水质也有点滑溜溜的。但由于含盐量大，游起来非常容易，游三十分钟也全然不累。水为绿松石蓝，极为漂亮）。

凡湖地处土耳其最里边的里边，距边境很近。在海拔超过五千米的亚拉腊山的南边，是靠近伊朗边境的大湖。乘飞机从安卡拉飞来自然是转瞬之间，但开车捱到这里就相当吃力。我们在黑海尽头处的霍帕住一晚，然后沿苏联边境南下，在卡尔斯投宿，拼命穿过羊群、军队检查和猴子般纠缠不休的孩子们的围攻，到达凡湖。这段路可谓历尽艰辛——毫不夸张——且迷路了几次。道路标识不全，极易迷路。一旦迷路，就非同小可。因为路利利索索彻底消失。消失之后，往下只能在岩石遍布的荒野中驱车横穿。我们开的是大型四轮驱动车，问题还不是很大，而若是普通车，势必动弹不得。

望见凡湖水面已是傍晚了。我们累得浑身瘫软，但还是觉得凡湖的黄昏漂亮得无可形容。天空、湖水、山峦……一切都染为橙黄色，尤其天空与山峦交际处简直像火烧一样通红通红。湖面波平如镜，细粉般的光亮随着涟漪摇颤，无边无际，无声无息。这就是凡湖。在索寞荒凉尘土迷蒙的安纳托利亚东部高原整整穿行两天之后面对湖水，委实心怀释然。

在这一带，凡城算是相当大的城市。听人说，凡城是因了伊朗流亡者和毒品走私者繁荣起来的。翻山逃来的流亡者（几乎全是在两伊战争期间逃避兵役的人）先在这里喘口气，然后去当局办理流亡的正式手续。毒品走私者们把鸦片和海洛因从东边运来这里，在此交给下一程的走私者。无论哪一方面，此城都是其路线中转站。因此，土耳其东南部的部队和治安当局总部驻扎在这里，以便取缔他们的活动。风景虽然秀丽，但治安相当严峻。看人们的脸，表情也十分复杂。

由于人来人往，看上去颇为像样的宾馆也是有的。我们闯进满是德国游客的似乎很高级的一家宾馆，问有无房间。

回答说只有套间。价格约六千五百日元。看房间，有两个宽敞的房间，加之近来住的全是一晚六百日元那种糟糕地方，决定在此休整两夜。不料这家宾馆相当胡来（名叫阿克达马尔宾馆），我们刚从车上卸行李，服务台的人就提出："既然是两位，那么作为加床费，需另交一千六百日元。"开哪家子玩笑！刚才看的时候两个房间岂不各放一张床？"哎呀，那是忘记收了……"我心里冒火："好了，另找宾馆就是。""明白了，那么出于友好，就免了吧。"我心想这算什么友好呢，不过反正先进房间安歇，洗澡，洗罢咕咕嘟嘟喝啤酒。这才叫天堂。

之后，我和松村君想外出散步。下到宾馆大厅，见立柱上贴着一张凡湖猫广告画。

"凡湖猫到底去哪里才能找到呢？"松村君问。

"这——，如何找得到呢？又不至于在路上走。"

我这么一说，服务台刚才那个男的就像听懂了日语似的三步并作两步走来："恕我冒昧，刚才看到这凡湖猫广告画了吧，对这猫可有兴趣？"

我们说有。

“那么，我堂弟就住在这附近，他养这凡湖猫。如果想看，我可以做向导。”

这话未免蹊跷。很难认为此人有多么友好。不可能特意为此表示友好，估计里面有什么名堂。不过那很可能用钱了结，再说只要能花点钱见到凡湖猫给它照相，我想那未尝不好。

对方说那好，三十分钟后在此碰头，“带二位去我堂弟那里”。

三十分钟去大厅，他正等着。问远么，“不，近得很，No problem（没问题）”。果然近，一直走过两个路段，往右一拐就是他堂弟家。是个地毯商。原来是想推销地毯。但明白过来，事情倒也简单。同推销海洛因、鸦片和印度大麻相比，推销地毯不犯罪。“到了，”他说，“这里有凡湖猫。”

然而没猫。他堂弟三十光景，较有绅士派头（当然是就凡城而言），讲一口漂亮的英语，文质彬彬，没有强加于人的味道。在土耳其我同地毯商交谈过几次，见到文质彬彬的地毯商还是第一次。服务台这个人和他的堂弟找不到猫，有点慌张起来。“刚才还在来着。”他堂弟说。“糟糕，莫不是跑出去了？”服务台的人说。两人在椅子底下和里面房间找来找去。他堂弟对我们解释说：“对不起。毕竟是猫，一转眼就跑去哪里。不过很快就会回来的。小猫，跑不多远。请喝茶等一会吧。”

“这怕不是演戏？”松村君充满狐疑。

但门口旁边好端端摆着猫食盘子，不能认为人家说谎。若手脚做到那么细的地步，那已是“sting”（欺诈）世界。土耳其的地毯商不至于那么处心积虑。顺便说一句，猫食内容为煮羊肉、马铃薯加米饭（猫竟吃这东西）和粉红色的牛奶。不清楚牛奶何以粉红色。问地毯商，答说就是这种颜色的。

四个大男人静静等猫回来，未免有些傻气。于是我自然而然看了店的地毯。地毯非常漂亮也很齐全。用手一摸，东西相当地道，图案也比在伊斯坦布尔看到的好。价钱也便宜。我本来就打算在土耳其买一张地毯，就不再谈猫，一张张看起地毯来。正看着，猫回来了。出生两三个月的小猫崽。雪白雪白，漂漂亮亮。但抱起来的最初印象，老实说，觉得什么呀不就是普通猫嘛。右眼和左眼颜色确实不同，毛蓬蓬松松，蛮可爱。可是并没有什么特别之处。

“名字叫奈迪尔。”地毯商堂弟说。

“游泳吗？真会游？”我问。

“游的，还用说。”他很自信地回答。

但不好提出那么就把这小猫扔进水里叫它游游看。既然说“游的”，那么只能相信。

不管怎样，松村君给猫拍了照。猫十分逗人喜爱，拍照时间里在地毯上打滚撒欢儿。最终我买了张地毯，丝和毛混织的，不很大，做工相当考究。喝着茶轻松交涉了十五分钟，结果以九万日元价格成交。地毯商包了地毯，我用美国运通卡付了款，然后和地毯商握手告别。

这件事的教训——不是什么了不得的教训——如果为以后去凡湖的朋友写一下类似教训的东西的话，就是在凡城这个地方，宾馆的服务台人员肯定和一家地毯商有联系。后来见到的服务台人员都给我们地毯商的名片，极为热情地劝说我们“那是城里最讲良心最有信誉的地毯商，去一下看看”。即使同一家宾馆，每个服务台人员所联系的地毯商也各有不同。宾馆工作做得不很热心，但在介绍地毯商上面实在认真得令人吃惊，以致让我觉得宾馆工作大概属于副业。毕竟作为一流宾馆，卫生间还整个晚上都哗哗漏水漏个没完，房间没有电话，几乎不出热水，服务人员又态度恶劣，一塌糊涂。

还有，第二天街上慢慢散步时注意到，地毯店里凡湖猫相当不少。凡城地毯店的橱窗和店里头常有凡湖猫睡午觉，有的甚至被关在橱窗里——为了招徕顾客。一旦游客对猫发生兴趣停止脚步，里面便有主人出来招呼游客进去。然后端茶、聊猫，再打开地毯看。完完全全是招牌猫。这里的居民看见游客所想到的似乎只是如何兜售地毯。

总之，遗憾的是未能看到游泳的凡湖猫。

哈卡里之行

以前看过一部叫《哈卡里的季节》的土耳其电影，讲的是一个大城市长大的土耳其人去哈卡里这个土耳其腹地——或者不如说几近秘境——当教师的故事。他是个理想主义知识分子，在深山里的一个村落（大概是库尔德人村落）给孩子们上课，同时力争和人们打成一片。大家也开始一点点接受了他，但最终因发生一起事件而黯然神伤离村而去。我时常把电影情节整个记错（有时甚至把两个混淆成一个），所以记不确切，但大概是这样子的。主要说理想主义在当地现实面前的败北。记得是十九世纪俄罗斯风格的主题抑郁的电影，情节另当别论，风景和风俗描写则很精彩生动，细微之处都让我记得一清二楚。

电影上说，哈卡里雪很深，一到冬天，山里的村落就和外界彻底隔绝，雪直到五月还不融化，也就是说一年中的大半时间要被封闭在村落里。人们贫穷，沉默寡言。见那个教师往端上来的茶里放糖搅拌后喝了，众人现出诧异的神情。那里的人们全都“咯嘣咯嘣”咬方糖吃，然后才喝茶。全村风习如此。

在电影里看了以后，我想，若去土耳其，一定去这地方亲眼看看。但哈卡里这地方不仅雪深，而且在土耳其以治安不好闻名。我最信赖的英语旅游指南上这样写道：“哈卡里最好绕开。此镇人口的一半在路旁脏兮兮的茅屋里战战兢兢闭门不出，另一半只考虑如何把政府官员杀死。这里的政府官员全部是在其他地方犯了错误或出了问题被流放来的。”

我以为这样的说法无论如何都未免夸张，不料去哈卡里一看，一点也不夸张。当然不是说有人在自己眼前遇害，但笼罩镇子的气氛的确如其所述。在哈卡里只要停车往外跨出一步，就会感觉出空气紧绷绷的不太平。

时机也不好。我们去的时候正值库尔德人问题白热化，可我们已经好几个星期没看报纸（离开伊斯坦布尔后，*Herald Tribune*[①]哪里都没卖的），不晓得情况恶化到这般地步。不过到底有些担心，在凡城向地毯店和旅游办公室的人问过哈卡里治安如何，两人都保证说没问题，“哈卡里？No problem，安全着咧，根本没什么好怕的”。我深入问了一句：“可听说有很多问题。”“唔，以前有过一点，”对方老大不情愿地承认道，“不过现在不要紧了，治安恢复了。伊拉克欺负库尔德人，杀害库尔德人，他们逃来土耳其。但土耳其人无微不至地保护库尔德人，天下太平。”总的说来，土耳其人不愿意向外国人谈本国的纠纷。无论什么都想以“不要紧，No problem”这一正规见解搪塞过去。这恐怕因为他们是爱国者，也可能因为极端讨厌外国人以“midnight express”（夜半特快）方式传播本国消极消息（他们的心已被深深伤害），或者出于尽可能不多嘴多舌这种政治上的考虑，抑或由于体制问题使得坏消息不四下传播亦未可知。对此我弄不明白。总之对于消极事情他们十分懒得开口。

① 《先驱者报》。

例如凡城（不是今天的凡城，是过去的凡城）曾是亚美尼亚人的城市，其分离主义者在第一次世界大战期间为了从土耳其独立出来而联合俄军占领了城市，杀了土耳其人。但俄国爆发革命、革命政府单独讲和撤军之后，返回的土耳其军队出于报复大量屠杀亚美尼亚人（据说在全地区杀了一百万至一百五十万人），又把剩下的亚美尼亚人一个不留地从这一地区强制性大量迁出，将城市整个夷为平地。化为废墟的城里如今只住着鹳的一家。可是带我们看这废墟的陆军特种部队出身的管理人兼导游只说“这里在第一次世界大战期间被俄军的炮火夷为平地”。此话——也许实际遭遇了俄军炮火——纯属无稽之谈。反正他们是尽量不触及土耳其的这种阴暗面。

这倒也罢了，问题是我们把那两个凡城人的“哈卡里毫无问题”——毕竟他们信誓旦旦地强调说不要紧——作为当下的信息信以为真了。但我并非诽谤土耳其人。总的说来，土耳其人说不要紧基本都不要紧。他们不是想说谎，只不过他们的见解往往出于良好的愿望罢了。也就是说，“I hope that it is so”不觉之间成了“It has to be so”。确是这样。向他们问路，若说“啊很近也就一百米”，那么就有六百米。他们心想大概说近些对对方有好处，于是好意地缩短了距离。这仅仅是一种感情上的亲切。作为证据，在土耳其问了好几次路，一次也没人教对过。问及哈卡里治安，他们也是心想好容易来土耳其一次，但愿那里不要紧，遂那样说出口来。然而此时我稀里糊涂相信了。

库尔德人问题极为复杂且根深蒂固。库尔德这个民族尽管从七世纪就已存在，并拥有固有的文化和语言，但几乎不曾有过自己的国家，是个悲剧民族。第一次世界大战后又从民族自决名单中被排挤出去，现在也居住在横跨土耳其、伊拉克和伊朗三国的地区（叙利亚和苏联也有一小部分）。库尔德人有高度自豪感，对同化于阿拉伯人和土耳其人怀有反感，无论在哪个国家都掀起激烈的独立分离运动从而遭到镇压。他们的数量把握不准，不过总数大体为一千万至两千万，其中八百万住在土耳其。由于政府采取高压性同化政策，他们的文化活动——包括音乐和出版在内——在正式场合受到禁止。例如电影《路》的导演、已故于尔马兹·居涅是库尔德人，因而受到政府的彻底镇压，三番五次被捕入狱。在监狱中导演的《路》是很有名的事。

事情就从这里变得更加麻烦起来：伊朗支援伊拉克国内的库尔德人分离独立运动，向他们运送武器。为什么呢？为了在两伊战争期间扰乱伊拉克后方。不料，两伊战争突然停止以后，库尔德人问题对于伊朗就纯粹成了累赘，因而中断了援助。对于库尔德人游击队来说，好比上到二楼被撤走了梯子。而从前线战斗中脱身的伊拉克军队开始投入主力部队镇压库尔德。因为即使对于伊拉克政府来说，这也是解决迄今为之头痛的库尔德人问题的绝好机会。至此同前边说过的土耳其亚美尼亚人的命运极其相似。被大国用来做交易的少数民族的悲哀。但是，伊拉克部队也很难镇压。因为库尔德人出没于深山密林，而且一看形势不妙马上逃往国境线。遂把一个个村庄包围起来，使用毒瓦斯炸弹连妇女带小孩一网打尽。杀了多少人不清楚，有人说两万有人说三万。调查团进不去，实数不得而知。

于是库尔德人翻山越岭冲破国境线大部分逃来土耳其。伊朗因有那样的原委，最初经由土耳其接收库尔德难民，但难民数量据称已达十万，作为伊朗也不可能接收那么多。何况无论伊朗还是土耳其都担心库尔德人涌进太多会引发本国民族问题。尤其土耳其，库尔德人问题本来就已严重到了一触即发的地步。但若按伊拉克政府要求强行遣返库尔德难民，势必受到国际舆论的围攻。特别是美国政府正密切注视土耳其的难民接收情况。而另一方面，作为土耳其政府又有不愿同伊拉克结怨的苦衷。这是因为，土耳其的石油供应全面依赖伊拉克。倘伊拉克中止石油供应，土耳其经济势必土崩瓦解。所以，即使伊拉克部队追赶库尔德人越境追到土耳其，也很难公开指责伊拉克部队的军事行动。

因此之故，土耳其政府禁止库尔德难民同外国新闻记者接触。因为不想把使用毒瓦斯公诸于世从而刺激伊拉克政府。各国的利害和意图极其复杂地交织在一起。但不管怎样，就在这一时期土耳其军方把陆军部队大量调至土伊边境，采取了近乎戒严的态势。这首先是为了防止库尔德人更多地涌入，其次是为了控制土耳其境内的库尔德人的不安倾向，第三是为了断绝外国人同库尔德难民的接触。

总之我们已完全置身于——在不明所以的情况下——这场骚动旋涡的正中。回头想来，实在不胜诧异：算什么 No

problem！算什么天下太平！

※

离开凡城向哈卡里进发。虽然仍是九月，但早晨的空气已寒气袭人。其实较之寒意，更是一种近乎锐利的冷。阳光炫目耀眼，即使戴太阳镜开车也还是觉得眼睛作痛。笔直的路持续有顷。周围一无所有，惟独平原横陈开去。青草丰茂，羊群点点。融雪汇聚成的溪流和湿地也闪入眼帘。有好几只狗被挑死在路旁，有的露出内脏，有的瘪瘪的如比萨饼。都是牧羊犬。每有车开来，便以为是入侵者而飞扑上前，于是被车挑翻。可怜诚然可怜，但也确实吓人。我们在这路上也遭到几次狗的扑袭。不知它们是傻还是勇敢（大概兼而有之），毫不畏惧地蹿到以一百公里时速奔驰的车前霍地立起身来，我们也面对生死关头。对面没有车开来的时候尚可设法避开；而若前后有车，那么——尽管觉得不忍——就只能压死。如果放慢速度，狗就和车相伴而行，用身体“砰嗵砰嗵”拼命往车门上撞——简直成了斯蒂芬·金笔下的《泄愤》世界。

狗很大，凶相毕露，气势汹汹，说半是野狗都未尝不可。骑摩托或自行车旅行的人若遭此扑袭，怕是要慌作一团。本来我想不时下车走动一下，但因怕狗扑来，在土耳其一次也没敢。几年前土耳其政府曾计划全国性扑杀野狗，但因遭到西欧动物保护团体的抗议而作罢。实际上被狗吃掉的人也似乎不少。

不久驶入山路。草原消失，换成灰蒙蒙的风景。翻过海拔两千七百米的山脊后，风陡然增大。在这里已是冬天的风。据说土伊边境附近的山上，八月间冻死了很多翻山越境的妇女儿童，便是冷到如此程度。过了山，就已是哈卡里地界。道路突然变糟。倒算是柏油路面，但到处有陷坑。提醒陷坑的立牌当然有，但小小的不易瞧见。路面一多半或整个不见的地方也相当不少。桥也塌了。维修路段铺了柏油后再没处理，轮胎马上给焦油沾着黏糊糊的。看筑路现场，不由暗暗叫苦。虽然路沿河谷而筑，却不好好打地基，大致平整一下路面就直接铺柏油，以致稍一下雨路肩就塌掉，塌得到处是洞。不时有一头扎进洞里的汽车倒在路旁。Wild west[①]。

路旁的城镇看一看都叫人悲从中来。进茶馆喝过一次

① 未开发的美国西部。

茶，里面有三个长相丑陋的男人，一个（我从未见过贩毒者，想必就是这副模样）用土耳其语问我戴的西铁城潜水表多少钱。告诉后，他们就此说了十多分钟。之后又问我们开的三菱帕杰罗多少钱，告诉后，又交头接耳就此说了十多分钟。他们对价格怀有异乎寻常的好奇心。气氛让人觉得没准会在这里被杀了整个剥皮。问茶馆主人厕所在哪，被告知没那东西。估计在外头小便。看样子洒上小便说不定倒能使镇子变干净点。

哈卡里（2）

在距哈卡里一步之遥的地方发现了不可思议的一行人。大约十六七岁的年轻姑娘身穿像是新娘盛装的雪白雪白、一尘不染的飘飘长裙骑在马上，长裙有好几颗鲜艳的绿星，薄薄的面纱遮住嘴角。一个感觉上异常安静的漂亮女孩。牵马的是个十岁左右的神情严肃的男孩子。仿佛父亲的年长男子拄着拐杖在前面步行。男子头缠阿富汗样式的伊斯兰头巾，浅黑色的脸，愁眉不展地瞪视道路的前方。令人费解的场景。到底怎么回事呢？他们要去哪里做什么呢？我不得而知。女孩那身艳丽的服装与土耳其腹地尘土飞扬的荒山野岭实在太不谐调了。四周只有红褐色的石山、满是乱石的山涧，此外就是无遮无拦的青空。说不定那女孩是去赶婚礼的新娘。

那时是我开车。差不多有十分钟没见到其他车辆了。除了岩石别无东西可看。路又单调，除了塌开的洞没别的。拐弯时看见他们，再拐弯时就不见了。场景倏然扑进我的视野，转眼之间就退往后面。其实一开始我几乎不相信自己的眼睛，怀疑那里是否真有那场景。

可松村君也看到了同样场景，所以确有其事。如果有意，我们也可以停车退回好好看个究竟。但没那样做。因我觉得——倒是说不清楚——那样做很可能使我们损坏那个场景所含有的东西。本能有那样的预感。于是我们继续朝哈卡里行驶，没有就那场景深入交谈。可那到底是怎么回事呢？现在我也能真切而鲜明地在眼前推出那个场景，并且这样想道：那女孩大概正去哪里。

※

即将进入哈卡里之前受到两三道警察的检查。详细查验护照和驾驶证，记下编号。打开后车门查看行李。往哪里打电话。再次审视我们的脸。完了之后我们爬上通往台地小镇的七拐八弯的坡路。近午时分终于驶入哈卡里。一看就知是个一塌糊涂的镇，至少不能说是个让人感到温馨的地方。镇口首当其冲的是简直像在横眉怒目的庞大的陆军基地。军用车、装甲车在门内列成一排，仿佛在说随时可以出动。持枪士兵在那里站岗。

过得这里即是哈卡里镇。进镇第一步首先注意到的是脏污。路未铺柏油，灰尘多得不行，而且只有男人。开车在镇里转了一会，触目皆是男人。估计大多是库尔德人，头上缠着阿富汗式伊斯兰头巾，腰间扎着腹布。在路上四五个人头碰头站着说话的，很可能是贩毒分子。总之气氛非常可疑。悄声悄语说上一会儿，就一齐“啪啪”按动卡西欧计算器。一个人向对方出示数字，对方又“啪啪”按计算器出示数字，如此反复良久，或抬手或摇头。警察或军人一来，赶紧藏起计算器。

另外，警察和兵多得要命。目力所及，无不是制服。携带自动步枪、来复枪、手枪等各种枪支的警察和兵充斥街头。枪支委实五花八门，制服委实形形色色。他们两三人结伴四下巡逻，决不一人单独行走。

路旁一伙伙坐着眼神抑郁的库尔德人、伊朗人和伊拉克人。来到这一带，很少见到金发碧眼的欧洲脸土耳其人。光景几乎可以说是中东。他们也不是在说什么，而是直勾勾地盯视来往行人。身体纹丝不动，惟独眼珠在转。

停车下来，人们战战兢兢地围上前，询问从哪里来、来干什么、去哪里、喜欢不喜欢土耳其、喝茶吗之类。游客模样的人想必极少来这里。但我们不愿意在此镇久留，想尽快办完事、尽早动身离开。无论街上气氛还是人们的眼神都给人危险之感。我们对一再劝我们喝茶的那个人推说还有事要办。对方或许出于好意，问题是打起交道来势必话长。松村君独自去拍摄街景，我则走进咖啡馆写日记。

咖啡馆里，电视正转播汉城奥运会。摔跤。几个人坐在桌旁定定地注视着黑白荧屏。仅仅注视而已，不发表感想，不改变表情。我在柱子后面最不显眼的桌旁坐下，说要一杯茶。对方说没有茶。我说那就来杯果汁，又要了奶酪饼。不大工夫，茶和奶酪饼端来。莫名其妙。

喝茶、吃奶酪饼、写日记时间里，一个年轻男子坐在我面前。我尽量不抬头。因为一旦四目对视就麻烦了。对视必然搭话，而对方要说什么早已了然——“从哪儿来？”日本。“来做什么？”旅游。“在土耳其待多少日子了？”三个星期。“都去了哪里？”伊斯坦布尔、黑海沿岸、多乌巴亚泽特、凡城。“往下去哪里?”迪亚巴克尔、乌尔法、地中海、伊斯坦布尔。“喜欢土耳其?”喜欢。“职业是什么?”新闻记者。“这是工作?”是的。“我这手表,精工牌。”很好。“不照张相?”现在不需要。“来一杯茶如何?”也不需要。“年纪多大了?”二十九(说谎)。“结婚了?”老婆去年死了(这也是说谎)。“不幸。”谢谢……如此不一而足。最初我视为一种友好表示,热情应答,很快厌倦起来,不再理睬。他们虽爱说话,但稍一深问,便马上支支吾吾,打听不出让人觉得“哦这个不得了有趣有趣”的情况。在其他国家,在街头聊上三言两语就可得到种种兴味盎然的信息,可在土耳其几乎没有希望,说的尽是不咸不淡。所以说也毫无意思。不可思议。大致说一通,接着提出“一起照相吧”,最后递过地址:“洗出来请寄来这里。”如此周而复始。

我继续眼皮不撩地闷头写日记。对方大概忍不住了:“excuse me,”开始向我打招呼,“会讲英语么?”

“No。”我尽可能冷淡回答。

对方思考了五分钟对策。但终究放弃努力,去哪里不见了。我舒一口气,继续写日记。不料不出十分钟,另一个男人走来坐在我桌子对面："excuse me。"简直无可奈何，连安心写日记都无从谈起。

我不再写日记，走出咖啡馆在街上散步。行走之间，发现这是格外奇妙的镇。街上有很多人（镇口处写道此镇人口两万），却好像全都无所事事。或坐在路旁，或站着闲聊，或喝茶，或单单东游西逛，几乎没人看得出在正经做什么营生。这方面和日本的城镇截然不同。日本的城镇基本都有营生，或扫除，或买东西，或运东西，或匆匆去哪里，或遛狗，或幽会。可这里不一样，根本找不见具有明确目的的行为，而无目的的行为倒可以把握几桩。

我坐在镇中心广场上半看不看地看着街头景象。正看着，一个黑肤色中年男人走来站在我正面三米左右的地方，一动不动看我的脸，简直纹丝不动，只是目不转睛地往脸上盯视。我不乐意被别人这么看，遂以眼还眼地回视对方。但对方绝不移开眼睛。而且那并非出于针锋相对或吵架的目的，只是普普通通的不转眼珠罢了。无论视线怎样从正面射来，对方都好像丝毫不以为然。我也始终看着对方眼睛，但到底坚持不住，决定以走为上。就算对视几个小时，也不可能战胜那对眼睛。那眼睛里不含有任何感情，与其说是看人，莫如说是看地面上出现的深洞。

在这个镇，我被很多人以那样的眼睛看过。走路之间，会突然有人像冻僵一样在那里止步立定死死看人，几乎能把人看出洞来。擦肩而过时给人扫一眼倒无所谓，但一再被人如此直勾勾地盯视，心情迅速黯淡下去。

走了好大一阵子，总算碰见一个领小孩的女人。没穿裙子，但我想应该是女人。脑袋整个围着犹如黑包袱皮的纱巾，全然看不出男女，若不仔细看前后都分辨不出。这是我在此镇遇见的唯一女性。原以为讨厌照相，不料实际面对照相机时却一副欣喜的样子，甚至摆出姿势。实在是莫名其妙的地方。仅仅停留一个小时，却累得浑身瘫软。

“这里总觉得不是滋味，快点离开为好。”松村君说。我也同感。最后向警察问了一次路：从这里去乌尔德雷的国境线的路在地图上细得不得了，通行没有问题么？

他看了看我们的帕杰罗，说这个还差不多。“普通车是不大容易，这个去得了。No problem。”他和颜悦色地说。

我们担心是不是果真这样，是不是真没问题。可是别无他路可走，只能先去乌尔德雷再说。

实际上这条路上充满登峰造极的problem。路本身就翻山越岭异常险峻，但问题不仅于此。后来查阅得知，此路是库尔德山岳武装游击队出没的最糟糕的地区。警察对此当然一清二楚，但不告诉。因为在正式场合那里不存在什么游击队。据说游击队数量约有一千人，频繁袭击部队营地，绝对不可以在荒无人烟的地方徒步旅行和野营（啊，我们却一无所知地在那里野营）。

我们的车只被一伙库尔德武装分子拦住过一次，他们拿的是手枪和老式来复枪，头上全部缠着伊斯兰头巾，晒得黑黑的，脸上刻着很深的皱纹，毫无表情可言，唯独两眼闪闪发亮，气氛如箭在弦。我从衣袋里掏出万宝路递给每人一支。五个男子拿过万宝路叼在嘴上。我用打火机点燃。谁都一言不发。僵硬的沉默持续好长时间。强烈的阳光照得来复枪闪闪发光。依然鸦雀无声。

又过了一会，一个男子来到我身旁，直挺挺地探出脸，突然用手指翻出眼白，并用土耳其语向我解释什么。他在我脸前三十厘米的地方一动不动翻眼白翻了三十秒。细看之下，眼睛红肿红肿的。不知他说了什么。听明白的只有一句：“你是从维也纳来的么？”我说不是，对方遗憾地摇了摇头，对我说可以走了。

当时倒不清楚，其实他们很可能是从伊拉克越境逃来的库尔德人，并且希望我看清被芥子气搞坏的眼睛。因为此外没有任何特意让我看眼睛的缘由。估计他把我们看成是从维也纳来的观察团。估计他们是在伊拉克军队实施的毒气战中失去家人的人，希望我们向全世界公布伊军的行径。因为此时、尤其此时——前面也写了——伊拉克政府已完全禁止越境库尔德人接触外国记者。我对他们十分同情，虽说情况不明，但仍为什么也未能为他们做而感到歉然。

这且不说了。不过情景可想而知，在山路上被一伙武装了的库尔德人拦住车，团团围住，突然在眼前翻白眼——这可是相当恐怖的场面。我可不大愿意有此遭遇。

万 宝 路

世间充斥着各种旅游指南册，上面充斥着各种资讯。有用的资讯诚然有，但无用的也相当不少，最多的是似乎有用而实际无用的半截子资讯，还有以偏概全的资讯，从别处找来的二手资讯。顺便说一句，日本的旅游指南写得相当乏味，而外国的旅游手册——我是说总的说来——文笔幽默，即使作为读物也蛮有意思。

话说回来，从旅游指南中分辨哪种资讯有用哪种没用是很困难的事，特别是第一次去的国家（一般正因为是第一次去的国家才看旅游指南）就更加困难。另外，所谓有用没用也因旅行的种类、目的、时间以及每个人的性格、体力而异。对所有人都有用的旅行资讯或许并不存在。我在希腊旅行时，背包里总是带着寿司盒饭附带的那种微型酱油瓶，在餐馆吃鱼时往上面一淋，相当管用。但对于认为多此一举，认为去哪个国家就直接用哪个国家的东西不就得了那一类旅行者，这资讯恐怕实属多此一举。

不过，对于打算长期在土耳其旅行的人来说，有一个资讯绝对有用——不管你吸烟不吸烟都要带一条万宝路去。这可大有帮助。进入土耳其之前我在一本旅行指南看了，半信半疑地在免税商店买了一条带去，果真帮了大忙。因为在土耳其递烟是友好的第一步，特别在乡下，万宝路有很高声誉。别人小有亲切表示，给钱可能失礼，况且也不知给多少合适——这种时候若给一盒万宝路，一般事情都可了结。作为对方允许拍照的回礼，万宝路也 OK。受到士兵检查而时间可能拖长时说一句“不吸烟？”笑眯眯递上一支万宝路，一般即可顺利过关。简直是魔术香烟。若问为什么必须万宝路而云丝顿就不行，我也答不上来。反正我总觉得非万宝路莫属。大概万宝路是一种象征，大概。

Come to Marlboro country.[1]

---

① 意为“光临万宝路世界”（广告词）。

这万宝路现象越往内陆去越明显。在安纳托利亚东部旅行时，从小孩子到垂死的老人、从羊倌到士兵，看见人就把两只手指拿到嘴角做出吸烟姿势，问有没有烟。都给起来没完，当然不给。问路和允许拍照等有求于人的时候才给。不知道他们为什么对讨烟那么积极。因为烟并非供应不足。听说过去曾经不足，如今哪里都有烟卖，去小卖店即手到擒来。然而大家偏偏讨烟。也许住在乡下的人穷得没钱买烟。若是我，索性戒烟就是。但在土耳其，好像几乎不存在戒烟这一意识（旅行三个星期，只在伊兹密尔附近见到一幅画有吸烟骷髅的戒烟运动广告画）。男人基本百分之百吸烟，递给一支，拿起挟在耳上，再取一支叼在嘴里点燃，有时问有火么，便用打火机为他点上。而若递打火机过去，基本有去无还。这不是夸张，在政府或餐馆桌旁曾被借去圆珠笔一用，为讨回来费了好一番周折。

同样在安纳托利亚东部的乡间，一次被铺天盖地的羊群堵住道路。我们前面是开梅塞德斯·奔驰露营车的德国人，他们也寸步难行。反正到处是海一般的羊群。目睹数量如此之多的羊群，前前后后仅此一次。触目皆是羊、羊、羊。几个骑驴的羊倌和大牧羊犬在羊群前领路。我们也好德国人也好都对准羊群拍照。不料羊倌走来，说拍照要给钱。德国人无奈地给了一点钱，我们把剩的五六盒烟统统递去。这羊倌一看就知是个贪婪无耻的家伙，继续索要。说没了也死活不肯让路，最后竟提出必须买下一只羊，简直岂有此理，只能逃走。

这类羊倌一般都不是好惹的。目光敏锐，炯炯发光，俨然游牧民族的后裔，脾气也似乎暴躁。给这等人一支烟，会连讨几支。小孩子也非等闲之辈。一次开车穿过偏僻地带的羊倌村子时，可算大触霉头。我们刚刚进村，一群小孩不知从哪里蜂拥而来，站在车前不动。刚放慢速度，结果全都死死趴在车上，叫道“烟、烟、烟”，叫“衬衫、衬衫”的人也不少，还“砰砰”敲窗。但若停车就麻烦大了，只能强行突围。而突围时万一压了孩子可不得了，很可能被周围大人们活活打死。在这世界尽头般的地方丧命，肯定被草草埋了，尸体都休想找到。别开玩笑，我可不想死在这种地方。即使侥幸被警察带走，这回等着你的就是臭名昭著的土耳其监狱。在土耳其一旦惹出伤亡事故，无论理由如何，一辈子就算报销了，务请小心——有关之人刚刚这么忠告我。那个人说经他巧妙疏通，帮助一个因在土耳其惹出伤亡事故将被关进监狱的日本人好歹逃往国外。我可不想落此下场。

总算在没碰伤孩子们的情况下突围（最后把一个趴在后窗上的家伙推下去了）之后，他们紧接着往车上扔石头，险象环生。

这个噩梦般的村子的名称忘了。地图上没有的地方。我们是迷了路（或者不如说是受了牧羊少年的误导）才进村子的。他们何以拼死拼活地讨烟呢，莫名其妙。反正我有个忠告：去土耳其务请带万宝路。

24 号国道的噩梦

24 号国道是一条产业要道，从伊拉克边境城市吉兹雷沿叙利亚边境笔直向西伸去。到达地中海后，从那里北去。此路的目的在于用卡车往北部运送从伊拉克进口的石油，别名叫“当心大道”。因为上面通行的几乎全是大型油罐车，车尾大大写有“当心！”字样，字旁用油漆画着令人毛骨悚然的骷髅标记。

我们沿安纳托利亚东部尘土飞扬的山道一路仓皇逃窜，好歹逃到的柏油路便是这“当心大道”，真可谓一波未平一波又起。土耳其内陆的旅行总不肯让人轻松下来。

就 24 号国道本身来看，算是一条像样的公路。路面铺了，也没塌陷，几乎笔直，又没有库尔德武装游击队。只是，24 号线最大的问题点在于路面只有一条车道。因此，若想超车，只能拐到反向车道。但是此路——前面也已提到——挤满油罐车。如往前赶，必须一连超过五六辆。而若不往前赶，就只好以四十公里时速慢慢行驶，所以不能不往前赶。然而反向车道油罐车辆鱼贯而行，需要见缝插针一样赶超过去。不仅如此，还时而有油罐车超另一辆油罐车。油罐车有较快的和较慢的两种。虽说快，但终究是油罐车，并非了不得的快速。所以，超车自然费时间。倘前面有两辆晃晃悠悠并排逼来，我们便无处可逃。若撞在一起，对方或许无所谓，我们则顿成肉饼。而且仔细观察，躲闪不及或方向盘打歪的油罐车和小汽车在路旁横躺竖卧，感觉上好像电影《斯巴达克思》鏖战后的场景。居然没发生大事故（也许发生了）。

不错，运输伊拉克进口石油还是内陆安全，路又近。可为什么不搞输油管道呢？我很难理解。从事故方面考虑，输油管道相对安全，又不花汽油钱，岂不便宜？让这么多杂乱无章的油罐车跑来跑去，空气都弄坏了，又危险。但从战略角度着想，输油管道一旦遭受攻击，即刻寿终正寝。所以，作为国策，纵使不经济且有危险，恐怕还是要用油罐车——

运输。可是，如若这样，将两侧分别弄成双车道岂不更好。实在是超乎想像的糟糕道路，说是噩梦我想都未尝不可。这丝毫也不夸张，在此“当心大道”上开车一个小时，身心俱已疲惫不堪。

这么说或许不好，土耳其的司机总的说来不守规矩。即使将风俗习惯考虑在内而相当出于好意来看——至少以我们的感觉——将他们的驾驶情况列入“好”这一档次也是相当让人有抵触感的。不说别的，脾气相当暴躁，哪怕情况不太允许也硬要往前冲。意大利、希腊、土耳其无不是开车横冲直撞的代表性国家，但在令人哑然失惊这点上，三国之中，我还是想把金牌授予土耳其。

24 号线的司机们也横冲直撞，上路你追我赶，我们若不踩刹车很可能撞个满怀，所以要一个劲儿按喇叭或用闪光灯。这还不算，油罐车的司机们全都因超负荷劳动累得一塌糊涂。他们在这让人紧张的长距离公路上几乎到站就掉头，来回疲于奔命。一天二十四小时，车流从不止息。况且车况也不能说万无一失，上坡路段到处都有战死的油罐车横陈着恐龙般的尸体。称之为“土耳其最危险的公路”怕也当之无愧。至少我没有要紧事不会再跑这24号国道。

另外，较之伊拉克边境多由军队检查，24号线则大多由警察检查。到处都有警察把卡车拦在路旁查看货物——看有无毒品，这也为交通混乱火上浇油。不过我们同这种检查无关，见到我们，警察就摆手说一声通过。

最接近叙利亚边境一带拦了好几道铁丝网，军用岗楼栉比鳞次，空气甚为紧张。沿路排列着漂亮得不和谐的照明灯。但不是为了照射路面，而是为了防止贩毒分子和恐怖分子偷越国境。

24号国道几乎不存在温情脉脉的元素。

24号国道。

先看吉兹雷。从这里前行不远就同叙利亚接壤。伊拉克边境到处是崇山峻岭，而进入叙利亚，忽然现出无遮无拦的平原。风光变了，人们的服装、风貌也变了。中亚式风光渐渐带有阿拉伯色彩。阿拉法特戴的那种伊斯兰头巾开始增多，男人们身穿裤裆松垮垮下垂的裤子。携手杖的人也多了。沙漠映入眼帘，甚至可以见到骆驼。阿拉伯字增多，妇女的服装陡然艳丽起来，变成那种阿拉伯风格的金灿灿的服装。人们的肤色则有些发暗，眼神似乎更加锐利。而且军方检查明显减少。虽然没特别觉得天下太平，但至少渐渐有了逃离“戒严地区”的实感。

不过说实话，这吉兹雷也是个差到极点的城市。我们是晚上七点到达的，找宾馆开罢房间，因口渴要外出买啤酒，不料被宾馆服务台告知：“一过七点就买不到啤酒了，哪里都没有卖的。”遂问：“那么可有能喝啤酒的地方？”“没有。”又问：“为什么？”结果没有给予回答。气氛似乎是说懒得同七点以后还喝啤酒那种家伙说话。本想大声吼道难道七点以后就不能喝啤酒，但毕竟是别人的国家，只好忍气吞声。“那里有水，喝那个好了！”他指着大厅（就面积来说称为大厅令人颇有抵触感）里的饮用水冷却机说。在土耳其旅行了三个星期，见到冷水机既是第一次也是最后一次。这猪圈般的小宾馆里何以有冷水机这劳什子呢？我至今都想不明白。然而就是有，毫不含糊。我渴得火烧火燎，这冷水机看上去极具魅力，遂用那里的杯子咕嘟咕嘟连喝两杯。经过一定时间之后，堪称悲剧的腹泻开始了。我这人肠胃算是强韧的，喝水一般不坏肚子，然而这里的水终究抵挡不住。水把我无情打翻、勒紧、摇撼，根本不是其对手。这场腹泻——细节从略——着实厉害。全是因为吉兹雷人七点后不允许卖啤酒。如弄到啤酒，当然不会喝什么冷水机里的水，绝对不会。

为慎重起见，在此写下这家宾馆的名称："吉涅希宾馆。"住宿费每人三百五十日元。一人一个房间，便宜至极。这是一家相当奇妙的宾馆。首先，服务台后面是伊斯兰教礼拜堂，三张榻榻米大小，在这里脱鞋上去，头触地板做礼拜。有如此名堂的宾馆还是头一次见到。土耳其这个国家在伊斯兰教信仰方面并不怎么严格，而这里也许是接近叙利亚的关系，伊斯兰教色彩非常浓厚。不能喝啤酒估计也是这个原因。穿短裤行走，满城的人都射出深恶痛绝的目光，甚至有人看见我而往地上"呸"一声吐了一口。进店买苏打饼干和矿泉水，店里问道："你是伊斯兰教徒吗？"我说不是的一瞬间还担心不卖给我，好在卖还是卖了。不过对外来者绝对不是友好城市。和西西里半斤八两。

对了，这家宾馆的礼拜堂的最里头是俨然中庭的开放式空间。一楼有淋浴室（难以置信的是，这里的淋浴红龙头是冷水，蓝龙头是热水。而我在最后一瞬间才明白过来，以致一直气呼呼地用冷水淋浴）。而且，周围有一股不折不扣的大便味。但毕竟三百五十日元，牢骚发不得的。城里还有一家不难推测比这里更差劲的宾馆。选哪家是个人自由，尽管不是多么开心的自由。

宾馆前面是24号国道，油罐车鬼哭狼嚎地一辆接一辆呼啸而去，彻夜不息，清晨都不中止。想喝酒再睡，却又没酒。窗扇被公路震得瑟瑟摇颤不止。而且凌晨时分几乎所有的油罐车通过时都毅然决然地按响喇叭。就像某种暗号：噢噢噢——！我实在疲劳至极，好歹入睡，但还是被一再吵醒，不由一阵心头火起，恨不得像《兰博2号》那样用火箭炮把这里的一切炸个粉身碎骨。

除24号国道以外，城中所有的路都脏兮兮黑乎乎。刚进城时，主干道上一头疲惫不堪的老牛像被野外放养似的晃晃悠悠走来走去。此牛在我睡觉前还在走，早上出去外面牛仍悠然漫步。或者城里没有收容老牛的窝棚也未可知。反正是个哭笑不得的地方。我散步当中，一个老伯问我是不是荷兰人。我到底哪里像是荷兰人？

对了，吉兹雷正好由这条老牛漫步的主干道分成两部分。这是因为，此城有两大家族，这两大家族世世代代进行血腥对抗。这方面也同西西里相似。两派居民从不说话，住的地方也不同。他们以这条主干道为界左右分开居住，绝不混杂。这边有邮局，那边有药店。但是，这边的人不去那边的药店，那边的人不来这边的邮局。无论怎么看都是刘易斯·卡罗尔[①]式超现实主义荒唐无稽的事情。不过毕竟是别人的国家别人的城镇，就不评头论足了。

吉兹雷还有一件事让我记得清清楚楚。晚间快十一点时我去洗脸间刷牙，旁边洗脸台一个年轻男子在刷皮鞋，这倒也罢了。虽说不大卫生，但并非很不自然。问题是此人是把鞋穿在脚上刷——“嘿哟”一声抬腿插进洗脸盆连脚整个刷洗，作为姿势相当辛苦。况且袜子也穿着。这的确是——不亲眼看见怕是很难明白——异乎寻常的光景。反正我是匪夷所思。因为互相瞧见了，我说了声“晚上好”，对方也极为

---

① 英国数学家，童话《爱丽斯奇境历险记》的作者。

正常地回道“晚上好”。接着我刷牙，他继续刷鞋。何苦非那么做不可呢，晚间十一点连鞋带脚一起洗，或者把脚插进洗脸盆刷鞋？我至今理解不了。

24 号国道沿线

离开凄凉脏污得一塌糊涂的吉兹雷，朝地中海驶去。中途再也不愿意跑 24 号国道，遂北上转靠迪亚巴克尔。迪亚巴克尔是库尔德城市，城很大，多半是库尔德人，所以周围全是军事基地。但那不是保卫这座城市的部队，而是包围这座城市的部队。我们在迪亚巴克尔前面停车的马尔丁镇的基地上，野战炮全部对准该城，想必一有库尔德人叛乱便万炮齐轰。简直无法想像。若说别人的国家别人的城镇你管不着倒也罢了。

伊拉克边境的山岳地带让人阵阵发冷，而沿叙利亚线国境行驶，气温骤然升高，太阳光下热得脑袋差点晕过去。反正就是热。鼻孔干得沙沙拉拉，一吸气黏膜一扎一扎作痛。汽车的空气过滤器转眼挂满灰尘。

迪亚巴克尔是极有历史的古城，四周一圈高高的黑墙。当地人称之为“中东的巴黎”，坚持说城墙的长度世界第二，仅次于万里长城。就像把沼袋称为西武线的田园调布[①]、把中畑清称为日本的贝贝·鲁思[②]，哪个都夸张得近乎说谎。

不过话说回来，迪亚巴克尔自古以来就作为交通要冲而被支配这一地区的各种各类民族所统治。罗马统治时期成为对波斯萨桑王朝作战的最前线的堡垒。接着由波斯人取而代之，但也未能长久，而落入拜占庭帝国之手。后来阿拉伯人来了，倭马亚人来了，阿拔斯王朝阿拉伯人来了，马尔凡王朝库尔德人来了，塞尔柱人来了，白羊王朝土耳其人来了，波斯人也卷土重来，最后由奥斯曼土耳其攻占——像门口擦鞋垫一样的城市。

进城刚在露天咖啡馆落座，一群小孩子忽一下子围了上来。他们差不多全是光头，皮肤微黑，衣着脏污。若问孩子

---

① 西武线是东京地铁线路名。田园调布是沿线的上等地段，沼袋则逊之。

② 中畑清（1954— ）是日本著名棒球手，但业绩不如美国的贝贝·鲁思（1895—1948），后者曾创造职业生涯714个本垒打的纪录。

们围着做什么，却什么也没做，只是围成一圈站着，以一动不动的表情定睛看着我们，一言不发，只是看着。我照例写日记，一到城镇我就在咖啡馆或茶馆写日记，松村君出去拍照。车上写不了字，宾馆里又没有适合写东西的桌子（一般来说，那里没有适合干任何事情的桌子）。所以，休息时尽可能在咖啡馆或茶馆桌上把此前发生的事逐一记录下来。下一次能在哪里写不清楚，再说能写的时候不写，在哪里有过什么很快会忘光。因为有种种样样的事，城镇又一个个大同小异，前后马上混淆。如果想就旅行写什么，关键要把细节——无论什么——记录下来。

我不搭理孩子们，闷头写个不停。我继续保持这样的态度：他们都不存在，只有自己一人。可是孩子们也不相让，无论我怎么无视他们默默写日记，他们就是立在那里寸步不移，定定地注视着我。不时有服务生过来像赶苍蝇似的把孩子们赶走，但不出五分钟又掉头回来，又围着我目不转睛。耐力的考验。我也赌起气来，心想岂能败在这等小鬼手下！认为他们不存在，他们就不存在。存在这东西是以意识为前提的。

可我终于败下阵来。在耐力比赛上要想战胜土耳其人，须有相当强韧的神经。这次也无论如何未能忍受住小孩子那面无表情的沉默。我立起身，付了账，走进附近一家啤酒馆。这里孩子不会来。孩子虽然没来，但这里也是糟透顶的地方。首先是一团漆黑。才上午十一点，竟黑得如地洞一般，而且似乎是一种猥琐的黑。土耳其街头的啤酒馆，就好像喝啤酒是重大犯罪似的，弄得阴暗、猥琐、可疑，且有一股令人讨厌的气味，感觉上仿佛人生途中被风刮出的雪堆。客人方面也以阴沉的表情一声不响啜着啤酒。墙上贴着恶毒的女人裸体照。员工态度冷漠且含带暴力性。当然，不这样的啤酒馆我想恐怕也是有的，但是我在土耳其乡间走进的啤酒馆统统这个德性，原因不得而知。这也是土耳其一个谜。我若是凯末尔，肯定把啤酒屋搞得热烈明快一些。

反正我是进了这家啤酒馆，好歹得以一个人独处，要了一扎啤酒，又开始腹泻。迪亚巴克尔一点快乐记忆也没有。

不不，好事也有一桩。

去电话局往公用电话里投了二十元硬币给日本打电话，本应十秒断掉，却因故障得以长长说了二十分钟，堪称奇迹。

毕竟，土耳其的电话很少能打通。然而此时奇迹发生了，得以用公用电话同远在东京的老婆聊了二十分钟之久。老婆为我把她扔下独自一忽儿去了土耳其感到气恼。

“你连个电话也不打，不知我多么牵肠挂肚。”她恼怒地说道，我向她解释土耳其的电话何等莫名其妙。公用电话不通，所以近来在电话局通过交换台打，结果不但没通反被吞去了一千日元。“那就在宾馆里打直拨嘛！”她说。她不知道，不知道宾馆压根儿不存在什么电话。反正这回同老婆讲了二十分钟。“两个男人快活吧？”她问。喂喂，这里到底有什么可快活的？两个人都拉了肚子，在糟糕透顶的公路上玩命开车，太阳晒，狗咬，小孩扔石头，从早到晚只吃面包，澡都一直没洗，这算哪家子快活呢？

但是我什么也没说。在电话里说那种事，只能越说越晦气，得得！

旅游指南册上说，这迪亚巴克尔是土耳其最猖獗的公开卖淫地区。可我当然没去那种地方。出于好奇心我们去看了伊斯坦布尔的红灯区，那可真叫惨不忍睹。我的可怜的性欲茫然不知所措——若像詹姆斯·博德威[①]那样假定"如果性欲有嘴"——好半天开不了口。我无论如何想像不出世上竟有那般兵荒马乱的妓院。价格五美元。不是开玩笑，就算给我五美元我也不稀罕那种地方。

这就是所谓中东的巴黎——迪亚巴克尔。

① 美国黑人作家(1924—1987)。

图书在版编目(CIP)数据

雨天 炎天：希腊、土耳其边境纪行/（日）村上春树著；林少华译. —上海：上海译文出版社，2016.12（2023.4重印）
ISBN 978-7-5327-7326-8

Ⅰ.①雨… Ⅱ.①村… ②林… Ⅲ.①游记—作品集—日本—现代 Ⅳ.①I313.65

中国版本图书馆 CIP 数据核字(2016)第 176276 号

雨天 炎天
希腊、土耳其边境纪行
［日］村上春树 著 林少华 译
责任编辑/沈维藩 装帧设计/张志全工作室

上海译文出版社有限公司出版、发行
网址：www.yiwen.com.cn
201101 上海市闵行区号景路159弄B座
江阴市机关印刷服务有限公司印刷

开本 787×1092 1/32 印张 6 插页 5 字数 68,000
2016 年 12 月第 1 版 2023 年 4 月第 7 次印刷
印数：21,501—23,500册

ISBN 978-7-5327-7326-8/I·4466
定价：42.00 元